ほろほろおぼろ豆腐

居酒屋ぜんや

坂井希久子

角川春樹事務所

目次

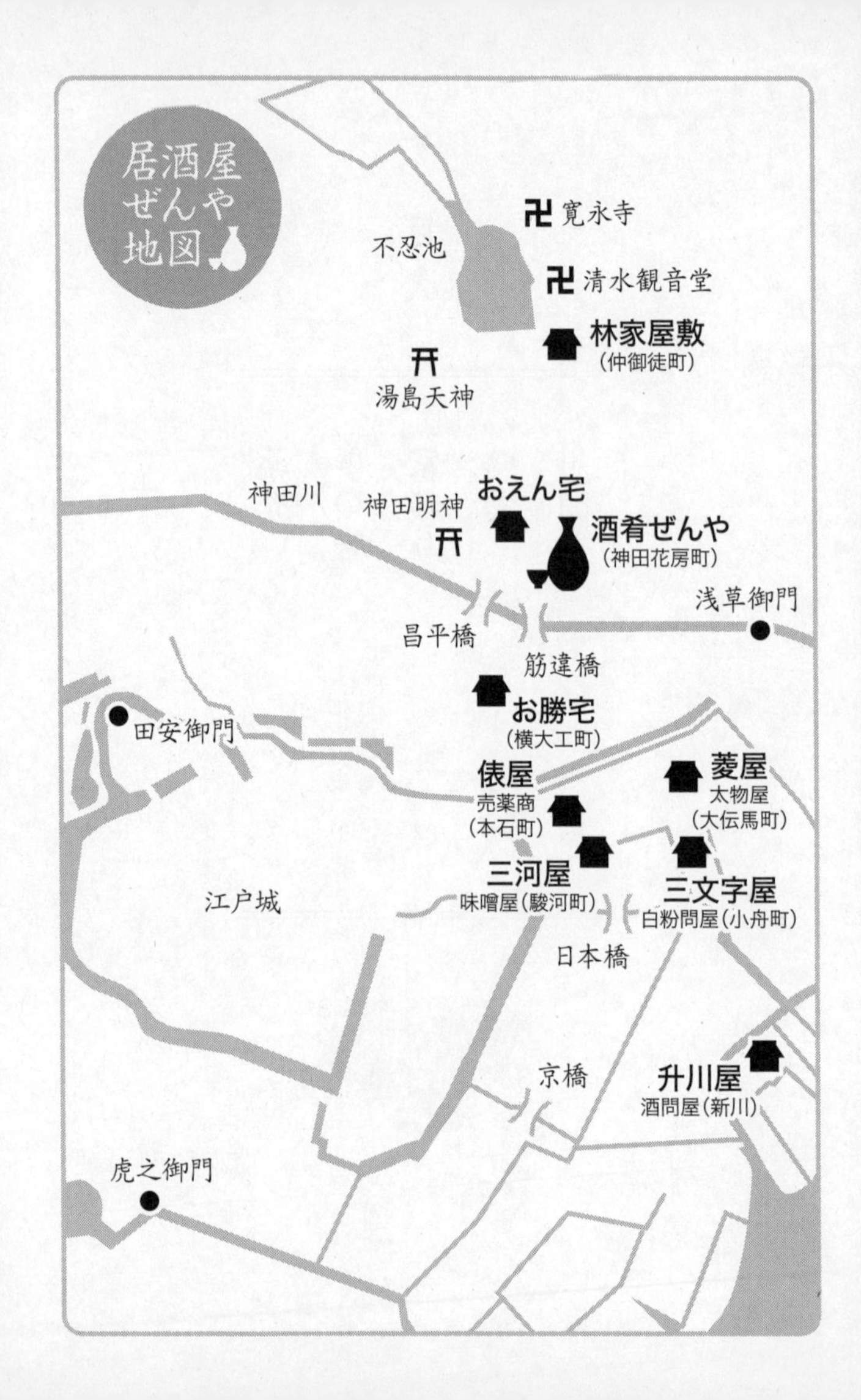
居酒屋
ぜんや
地図
寛永寺
不忍池
清水観音堂
林家屋敷
（仲御徒町）
湯島天神
神田川
神田明神
おえん宅
酒肴ぜんや
（神田花房町）
浅草御門
昌平橋
筋違橋
お勝宅
（横大工町）
田安御門
俵屋
売薬商
（本石町）
菱屋
太物屋
（大伝馬町）
三河屋
味噌屋（駿河町）
三文字屋
白粉問屋（小舟町）
江户城
日本橋
京橋
升川屋
酒問屋（新川）
虎之御門

ほろほろおぼろ豆腐

居酒屋ぜんや

〈主な登場人物紹介〉

林只次郎（はやしただじろう）……小十人番士の旗本の次男坊。鶯が美声を放つよう飼育するのが得意で、その謝礼で一家を養っている。

お妙（たえ）……亡き良人（おっと）・善助が残した居酒屋「ぜんや」を切り盛りする別嬪女将。火事で失った店を神田花房町代地に再建した。

お勝（かつ）……お妙の義姉。「ぜんや」を手伝う。十歳で両親を亡くしたお妙を預かった。

おえん……「ぜんや」の裏長屋に住むおかみ連中の一人。左官の女房。

熊吉（くまきち）……本石町にある薬種問屋・俵屋に奉公している。ルリオの子・ヒビキを飼っている。

柳井（やない）……只次郎の義姉の父。孫はお栄と乙松。北町奉行所の吟味方与力。

近江屋（おうみや）……深川木場の材木問屋。善助の死に関わっていた。

「ぜんや」の馴染み客

菱屋（ひしや）**のご隠居**……大伝馬町にある太物屋の隠居。只次郎の一番のお得意様で良き話し相手。

升川屋喜兵衛（ますかわやきへえ）……新川沿いに蔵を構える酒問屋の主人。妻・お志乃は灘の造り酒屋の娘。

三河屋（みかわや）**の主人**……駿河町にある味噌問屋の主人。商売について只次郎から案を授かる。

三文字屋（みもじや）**の主人**……小舟町にある白粉問屋の主人。商売柄、美しいもの・甘いものに聡い。

薬食い

一

トン、テン、カン、テン。

真新しい材木が香る室内に、木槌の音が鳴り響く。

腕っこきの大工は仕事が速い。口に釘を咥え、手に取っては打ちつけて、調理場のぐるりを囲う見世棚を作り上げてゆく。

「まぁ、もうこんなに」

古道具屋などで買い揃えた食器や鍋釜の類をひと通り裏の井戸で洗い、戻ってきたお妙は目を見開いた。ほんの半刻(一時間)前にはまだ調理場の寸法を測っていたのに、もう棚ができかけている。

「やっぱり、にいさんの腕はたしかね」

「褒めてもなんも出ねぇぞ」

大工は義兄、すなわちお勝の良人の雷蔵である。堅く盛り上がった肩を回し、からからと笑った。

「あとは、そこの壁にも棚がほしいんだったな」

「ええ。常連さんの徳利を並べるから、なるべく丈夫なのを」

「任せろ。相撲取りが座っても壊れねぇのを作ってやるよ」

寛政六年（一七九四）。睦月もすでに、二十二日。昨年十月に湯島から出た火で『ぜんや』が焼けてしまい、お妙は升川屋の離れに身を寄せていた。年が明け、小正月を過ぎてからはここ、神田花房町代地と行ったり来たり。三日前に布団を運び込み、引っ越しを終えたところである。

以前の場所から北へ五町（約五四五メートル）足らず。新たに賜った代地は表店の入り口が御成街道に面しており、人通りも賑やかだ。明日の大安吉日から、ここでまた居酒屋をはじめる。

「おい、おめぇも座ってないで、ちったぁ手伝え！」

小上がりの縁に腰掛けて煙草をふかしているお勝も、もちろん給仕として店に出る。お妙が別の道を選ぶというならそれもよかろうと静観していたらしいのだが、「続けるって決めたんなら、手伝おうじゃないか」と引き受けてくれた。

「うるさいねぇ。ちょっと一服してるだけじゃないのさ」

「長くねぇか、一服が」

やはり給仕がひと癖あってこその、『ぜんや』である。

「しょうがない。その盥、こっちによこしな」

足元に火鉢があって暖かいから、そこから動きたくはないらしい。手招きをされて、お妙は脇に抱えていた盥を小上がりに置く。中には洗い終わった器類が伏せられている。

布巾を手渡すと、お勝は眉間に皺を寄せながら食器を拭きはじめた。明日に向けてやるべきことは山とあるので、手を動かしてくれるのはありがたい。

小上がりと、床几が一つ。店の間取りは前と変わらない。それでも小上がりはやや広くなっており、座れる人数は増えている。

「ホー、ホケキョ！」

二階から、鶯の声が聞こえてきた。続けてもうひと声。

どちらかがルリオで、どちらかが子のハリオだ。好事家の旦那衆なら難なく聴き分けるのだろうが、お妙には違いが分からない。

鳴きを早めるための「あぶり」を入れていない鶯たちも、盛んに鳴きはじめる季節となった。

「春だなぁ」と、雷蔵が芳しいものでも嗅ぐように目を細めた。

二階の内所も、やはり二部屋。ただし二間続きで手前の部屋を通らないと奥へは行けない造りなので、奥をお妙の部屋とした。もう一部屋では引き続き、只次郎の鶯たちを預かっている。

「いっそ、一緒に住んじまえばいいのにさ」

手は止めずに天井を仰ぎ、お勝がしれっと呟いた。

冷えた指先を火鉢にかざしていたお妙は、狼狽えまいと己に言い聞かす。何食わぬ顔で前掛けの紐を締め直し、「さて」と背筋を伸ばした。

「そろそろ竈に火入れをしないと」

「おや。聞かないふりを覚えちまったよ、この子は」

只次郎とはそんな間柄ではないと、お勝だって分かっているくせに。おえんのようにからかい半分ではないから、よりたちが悪い。

「ん、なんだって？」

「あんたにゃ、関わりのないことだよ」

「ちぇっ」

お勝にぞんざいに扱われても、雷蔵は口をちょっと尖らせただけで、再び木槌を響かせる。

二人とも、頭に白いものが多くなった。こんなふうに亡き良人の善助(ぜんすけ)とも、歳(とし)を重ねてゆくのだと思っていた。

なのに人生とは分からぬものだ。良人を亡くし、その死を乗り越えたばかりか、六つも歳が下の若者を気にかけている。

「ただいま戻りました！」

噂(うわさ)をすれば影で、表の戸が開き、林(はやし)只次郎が帰ってきた。一緒に住むわけではないが、「用心棒代わりですから」と言って、ここの裏店を借りている。のみならずこれからは、『ぜんや』の帳面まで任せることになってしまった。

心の内だけでなく商いの面でも、只次郎の存在はより大きくなってゆく。

「間に合いました？」

「ええ、今から火入れをするところです」

鶯の鳴く季節になり、只次郎はこのところ忙しい。余所(よそ)様の鶯を預かるだけでなく、こちらから出向いて餌(えさ)の配分や水浴びの方法といった、飼いかたの指南をしている。ルリオだけでなくハリオまでが評判になり、いよいよ鶯の名人との声が高まっているのだ。

「よかった。じゃあ火が入るのを見届けてから着替えます」

よっぽど急いで帰ってきたのか、只次郎の息は弾んでいる。今日の客は身分ある人だったようで、黒の紋付きを身に着けていた。

「おや、アンタ。そういう格好をしていると、案外いい男じゃないか」

「えっ、どうしたんですかお勝さん。悪いものでも食べました？」

「あのねぇ。アタシが人を褒めちゃおかしいのかい」

「ああ、びっくりした。心配になるから、慣れないことをしないでくださいよ」

久しぶりの軽口の応酬に、くすくすと笑いながら調理場に入る。見世棚を終えて置き徳利用の棚に取りかかっていた雷蔵が、「すげぇな、あのお侍」と感心している。雷蔵は、お勝に口で勝てたためしがない。

「そう。ねえさんも楽しそうでしょう」

真新しい竈にはあらかじめ、酒、米、塩、水を三方に載せてお供えしてある。それをいったん作りたての見世棚によけ、お妙は焚口(たきぐち)の前にしゃがみ込んだ。

「べつに楽しかないよ、アタシは」

「ちょっと、お妙さん。さりげなく火を入れようとしないでくださいよ」

火がつきやすいよう雷蔵の作業で出たおが屑(くず)と共に、薪(まき)はすでに組み上げてある。傍らにある火消し壺(つぼ)の中の熾(おき)をこちらに移せば、たちまちのうちに火は熾(おこ)る。

「『ぜんや』の新しい一歩なんですから、見守らせてください」

只次郎までが調理場に入り、焚口を覗き込んでくる。お妙が虚ろになっていたとき、ずっと傍で支えてくれた。『ぜんや』を再開すると告げると、飛び上がらんばかりに喜んだ。

この男が後ろに控えているのなら、心強い。いつの間にかそう思うようになっている自分に、お妙はもう驚かない。愛おしさが面に表れないように気を引き締めて、粛々と火消し壺の蓋を開ける。

まだほんのりと赤い熾は、おえんの竈から分けてもらったものだ。それを火箸でつまみ上げ、おが屑の手前に置く。

火はすぐにおが屑に移り、団扇で煽いでやるごとに大きくなる。たちまち細く裂いた附木がパチパチと燃えはじめ、さらにおが屑を足しながら、火吹き竹で息を送り込んだ。

やがて太い薪にも火が燃え移る。すべてを焼きつくしてしまう恐ろしい炎に、それでも人は頼りながら生きている。

「おめでとうございます」

只次郎が新生『ぜんや』の第一歩を、飾り気のない言葉で祝った。

真新しい竈にはじめて入れた火で飯を炊き、熱々のうちにたっぷりの握り飯を拵えた。

具は升川屋の離れの台所を借りて作っておいた蕗味噌である。面の広い板に三角の握り飯を並べ、お妙は勝手口から裏へ出た。

「こんにちは、『ぜんや』です。こちらでまた、居酒屋をやらせていただきます」

先ほど昼四つ（午前十時）の鐘を聞いたばかり。昼餉までの、ちょうど小腹の空く頃おいだ。井戸端に集まり大根などを洗っていた裏店のおかみさんたちが、米の香りにつられて顔を上げる。その中には、おかやを抱いたおえんもいた。

「よっ、待ってました！」

威勢のいい掛け声に、他のおかみさんたちも笑う。近くで走り回っていた子らも、歓声を上げて駆け寄ってきた。

「たくさんあるから、ゆっくりお食べ」

そう言っても子供たちは、我先にと握り飯を手に取る。賑やかな笑い声に誘われて家々の戸が開き、他の住人たちも顔を覗かせた。

「よろしかったら、召し上がってください」

中には小さな猿のような、お銀の顔もある。歳も歳だし、あのまま山本町の息子夫婦と共に住むのかと思いきや、「嫁と暮らすのは気詰まりだ」と言って一人でこちらに移ってきた。変わり者の姑との同居が終わり、きっと嫁のほうでもホッとしているところであろう。

「お妙ちゃんの握り飯ってさ、力加減が絶妙だよね。手で持っても崩れないのに、口に入れるとほろほろとほぐれてくの」

「蕗味噌も、甘みと苦みの塩梅がいいねぇ」

「あら嫌だ、うちの子二つ目。あたしが作った蕗味噌は、苦いって食べなかったくせに」

今日は陽射しがよくて暖かだから、仕事などで留守の者以外はだいたい外に出てきたようだ。凄まじい勢いで、握り飯が減ってゆく。お銀などは小さな手に一つずつ持って、交互に頬張っている。

「おや、みんなお集まりだねぇ」

裏木戸から、大家のおかみが入ってきた。中身が本と思しき風呂敷包みを、両方の手に提げている。

貸本屋を営む大家もまた、商売道具をあらかた焼いてしまった。そこでおかみが同業の家を回り、少しずつ本を都合してもらっている。大切な春本が焼けてしまった悲しみからまだ立ち直れずにいる亭主の代わりに、おかみは実によく働く。

「表の通りじゃ、お侍さんが握り飯を配ってたよ。あの人の町人拵えも、なんだか見慣れちまったねぇ」

「あの格好のときは『只さん』ですよ」

只次郎は自ら名乗りを上げ、御成街道で握り飯を配っている。ただの通りがかりを呼び止めるのに躊躇しない、人あしらいのうまさはさすがである。『ぜんや』の実入りをよくするために、あれこれと考えてくれている。

「明日からだろ？　店の使い勝手はどうだい」

「とてもいいです。調理場の位置も前と同じですし」

「そりゃあよかった。あとは隣が埋まってくれりゃいいんだけどねぇ」

大家の差配となる花房町代地のこの一角は、前と同じく部屋数が五の割り長屋が向かい合わせに建っている。それを東と西に二戸ずつある表店が、挟むような形である。

店子の半分以上は町の再興を待って戻って来たが、身を寄せる先がなく待っていられない者は、別の町へと移って行った。『ぜんや』とは裏木戸を挟んで隣にあった仕立て屋も、よそに店を構えたという。そこの店子が、まだ決まっていない。

「すぐに埋まりますよ。場所がいいんですから」

お妙は気休めでもなんでもなく、そう言った。居酒屋の開店準備をしている間、外で作業をしていると、「なにができるの？」と道行く人からずいぶん聞かれた。それは前の場所にはなかった光景だ。商いをするにはもってこいである。

「お妙さん、あっという間になくなってしまいましたよ」

なにも載っていない板を手に、只次郎が戻ってきた。先ほどの黒紋付き袴姿とはまるで別人だ。姿形だけでなく、歩きかたまで変えている。裏店に新しく移ってきた面々は、それが同じ町に住む侍だと気づいていない。

「おや、その方がご亭主ですか」

印判師だという男にそう聞かれ、不意打ちだったこともあり、さすがに動揺してしまった。

「ああ、そうだよ」

代わりに答えたのはお銀だ。その手は三つ目の握り飯に伸びている。

「あ、こら。一人でいくつも食べるんじゃないよ」

おえんにぴしゃりと手の甲を叩かれて、お銀は恨めしげな目つきで訴えた。

「ひどいもんだ。食うだけが楽しみの、か弱い年寄りに」

「どこがだい。みんな、この婆さんに騙されないようにね。守り袋なんざ買っちゃいけないよ」

前からの住人はもはやお銀に慣れているが、新しい人は法外に高い守り袋を売りつけられるかもしれない。ひと足遅かったらしく、印判師が帯に下げている縮緬の袋を押さえ、「えっ？」と叫んだ。

「うわ、もう買わされてる」

「そんなんで大丈夫かい、あんた」

「まだ若いようだけど、先が心配だよ」

印判師を取り囲み、おかみさんたちは言いたい放題。そのせいで亭主云々という話はすっかり流されてしまった。

「あの人さっきからお妙さんに色目を使っていましたから、そういうことにしておきましょう」

只次郎がさりげなく、耳元に囁いてくる。いったいいつからこんなにも、面の皮が厚くなってしまったのか。ちょっとからかわれただけで、顔を赤くしていた昔が懐かしい。

「新しい人たちも打ち解けてきたようだね。みんな、仲良く頼むよ」

堅肥り（かたぶと）の体を揺すって風呂敷包みを持ち直し、大家のおかみがのっしのっしと歩いてゆく。裏店にもまだ空きはあるが、この人の差配ならばすぐに埋まることだろう。白木の香る花房町代地に、どこからともなく梅の香りが運ばれてくる。江戸でも一二を争う鶯たちの声までして、なんとも幸先（さいさき）のよい門出だ。

「またお妙ちゃんの料理が近くで食べられるなんて、幸せだなぁ」

おえんが腕の中のおかやをあやしながら、あどけないほどの笑顔を見せた。

二

表の戸と勝手口を開けて、風を通す。竈の上の吊（つ）り棚に鍋釜類を置き、包丁を研ぎ直し、茶箪笥（ちゃだんす）に食器を仕舞って、どうにか居酒屋の体裁は整った。

「こんなものかしら」

仕上げに土間に水を打ち、お妙は前掛けで手を拭（ぬぐ）う。醬油（しょうゆ）と味醂（みりん）も先ほど届いた。酒と味噌は、升川屋と三河屋（みかわや）に頼んである。お勝が小上がりに腰掛けて、あらためて店の中を見回した。

「短い間に、よくここまでできたもんだねぇ」

「本当に、ありがたいことです」

雷蔵は手早く仕事を終えて、横大工町の家へと帰っていった。作りたての棚にまだ置き徳利が並んでいないのが、少し寂しい。そう思っていると勝手口から、只次郎が徳利を提げて入ってきた。

装いは、結城紬の小袖に袴を穿き、羽織を合わせた平服に戻っている。一日のうちにころころと、見てくれの変わる男である。

「さっそくですが、棚ができていたので置き徳利を持ってきました」

そのつもりで、あらかじめ用意してあったらしい。ひょうたん型の瀬戸物で、山水の赤絵が施されている。ご丁寧にも、『林』と書かれた木札までぶら下がっていた。

「元は私の案ですからね。いの一番に置かせてもらいますよ」

冗談めかして胸を張り、真新しい棚に徳利を置く。お妙はふふふと含み笑いを洩らした。

「肝心のお酒はまだありませんけどね」

「なぁに、すぐに届きますよ。ほら、来た」

開け放したままの表に、大八車がごとごとと音を立てて止まった。先導してきたらしい升川屋喜兵衛が、晴れやかな顔を覗かせる。

「よぉ、どうにか形になったじゃねぇか」

ほんの十日前にはまだ、建物ができたばかりで設えはなにも整っていなかった。下手をすれば開店は、次の大安まで延びるおそれがあったくらいだ。お陰様で、どうにかここまで漕ぎ着けた。

「祝儀だ。上諸白から四文二合半まで、どーんと納めてくれ！」

升川屋の手代と人足が、酒の入った菰樽を次々に運び入れてくる。向こうひと月はやっていけそうな量である。

「そんな、いけません。お代はちゃんと」

「いや、いいってことよ」

「ご祝儀という量じゃありませんよ」

聞き入れない升川屋と押し問答をしていると、大八車がもう一台、車輪を軋ませて近づいてきた。

「ちょっとちょっと、升川屋さん。こんなふうに車を店の前にぴったりつけられちゃ、邪魔なんだがね」

赤黒い顔をしかめて文句をつけてきたのは、味噌問屋の三河屋だ。

「ちょっと待ってくれよ。こっちは荷物がたんとあるんだ」

「うちだってありますよ。ほら、赤味噌から白味噌まで、各々取り揃えております」

三河屋はそう言って、屋号の入った大八車を指し示す。いくつもの味噌樽が、荷崩れしないよう縄で結わえられている。

「祝儀として、お納めください」

「まぁ、三河屋さんまで」

眩暈がして、お妙は額を手で押さえた。気持ちは嬉しいのだが、升川屋も三河屋も、すっかり舞い上がってしまっている。

「なんです、大八車が二台も並んで。場所塞ぎったらありませんよ」

そこへまた、やって来たのは薬種問屋の俵屋だ。こちらは供として、小僧の熊吉を一人連れているだけだ。

「失礼しますよ」と入り口を塞いでいた升川屋と三河屋の間をすり抜けて、店の中に入ってくる。後に従う熊吉は、風呂敷包みを大事そうに抱えている。

「熊吉、あれを」

俵屋に促され、熊吉はその包みを床几に置いた。

うやうやしく、包みの結び目を解いてゆく。現れたのは、桐の箱。その中にさらに壺が入っており、蓋を取り去ると真っ白な粒が光って見えた。

「上等な白砂糖です。ご祝儀に」

滋養がある砂糖は病人に嘗めさせるといいというので、薬屋で扱われている。その中でも精製された白砂糖は、庶民の口にはめったに入らぬ高級品だ。桐箱なんぞに入れられて、いったいいくらするのだろう。

「はい、そこまで！」

どこから取り出したものか、只次郎が旦那衆に算盤を突きつける。柘植の玉がジャッと威勢のいい音を立てた。

「なんでもかんでも祝儀扱いにしないでください。皆さんには、仕入れの品をお願いしているんです。きちんとした取引をしてください」

『ぜんや』の帳面係として、只次郎は毅然とした態度を見せる。一方の旦那衆は、納得がいかぬように顔を見合わせた。

「そんなこと言ってもよぉ」

「『ぜんや』はもう、私たちの店でもあるんでしょう？」

「仕入れ値がタダなら、儲けが増えるだろうに」

只次郎は算盤をジャジャジャッと、まるで楽器のように振った。

「いけません。それじゃあけっきょく、あなたたちが損をするだけじゃないですか」

『ぜんや』を再開すると決めたものの、お妙の前に大きく立ち塞がったのは、やはり金の問題だった。旦那衆には「心配いらない」と言われたが、返すあてのない金を借りるのは気が引けた。

ならば返す必要はないと旦那衆は言い、そういうわけにはいかないとお妙が拒む。このままではいつまで経(た)っても店を出せないと危ぶみはじめたころ、見かねた只次郎が横から案を出した。

「では、こういうのはどうです。『ぜんや』を皆さんの店にしてしまっては」

はじめて聞いたときには、なんのことだろうと首を捻(ひね)った。旦那衆も同様で、只次郎の講釈に真剣に耳を傾けていた。

「店を切り盛りするのは、今まで通りお妙さん。皆さんには開店準備に必要な金と、向こう半年ほどの商いに必要な金を都合していただきましょう。その割合に従って、出た利益は配分します。いかがでしょう？」

「でもそれじゃ、お妙さんの取り分がないのでは？」

疑問を投げかけたのは菱屋(ひしや)のご隠居だ。只次郎は「いいえ」と首を振った。

「売上げから店賃(たなちん)、薪炭(しんたん)の類、食料や味噌醤油などの仕入れ値、それからお妙さんの取り分諸々(もろもろ)を引いたものが利益になります」

「なるほど。じゃあ店が繁盛すればするほど、俺たちも儲かるってわけか」

「ええ。これは義理人情ではなく、商売の話です」

そう言われてお妙も考えてみた。ただの親切で金を受け取るのは忍びないが、旦那衆にも旨みのある話なら、遠慮することはない。只次郎の話を今一度心の内で嚙み砕き、頭を下げた。

「もしもそういった形でお力添えをいただけるのであれば、お願いいたします」

「いいぜ、乗った！」

直感に優れた升川屋は、さすがに決断が速かった。

他の旦那衆たちも商売人の顔になり、頭の中で算盤を弾いていたようだ。すぐに折り合いがついたのか、「いいでしょう」と頷いた。

こうして『ぜんや』は、新たな一歩を踏み出すことになったのである。

「ではこの上諸白ひと樽と、仙台味噌ひと樽は祝儀ということにします。他は仕入れ値に含めますからね。それから俵屋さんの上白糖は、こんないいもの店では使えないのでお持ち帰りください」

只次郎が算盤を弾いては帳面に数字を書き込んで、てきぱきと指示を出す。利益を配分するからにはどんぶり勘定ではならないと、自ら帳面係を買って出た。

お妙も数字に弱いわけではないが、只次郎の手際には敵わない。

「せっかく持ってきたのに」

自分で身銭を切ったわけでもないのに、熊吉が唇を尖らせた。年が明けて、もう十三になったはず。いつの間にか、声変わりが済んでいる。

「じゃあご祝儀として、ひと匙だけ嘗めさせてもらえるかしら？」

身丈もお妙を越えてしまったので、軽く見上げる形になった。主である俵屋が頷いたので、熊吉も「はい」と返す。

「この間の藪入り、また迎えてあげられなくてごめんね」

藪入りの十六日には、まだ家財道具も整っていなかった。前にもこちらの都合で流れてしまったことがあるし、申し訳ないと思っていた。

「いいえ。この度、お妙さんにおかれましては——」

「熊吉、今は俵屋の奉公人じゃなくっていいんですよ」

頰を引き締め見舞いの言葉を述べようとしていた熊吉に、俵屋が優しい眼差しを送る。そのとたん、熊吉の表情が紙を揉んだように崩れた。

「元気になってくれて、よかった。オイラ、本当に心配して——」

「そうね。ごめんなさい、小熊ちゃん」

熊吉の、成長した腕が伸びてくる。縋るように抱きついてきたその背中を、お妙はとんとんと撫でてやる。

「あっ、こら熊吉。お前もう子供じゃないんだから！」

只次郎が慌てて筆を落とし、袴に墨のシミを作る。

「元服がまだだから、子供だよ！」

なにも言わずに一部始終を見守っていたお勝が、「いいねぇ、賑やかになってきた」と煙草の煙を吐いて笑った。

三

「そりゃあね、あなたたち。店として客に出すものを、祝儀にしちゃいけませんよ」

空になった大八車と熊吉が、主を残してそれぞれの店へと帰って行った。それからひと息ついたころに、やって来たのが菱屋のご隠居である。恰幅のいい体を畳のにおいも爽やかな小上がりに押し上げて、胡坐をかき笑っている。

「その点ほら、うちは太物問屋ですからね。口に入るものは扱っておりませんから」

ご隠居が持ってきたのは前掛けが五枚と、木綿の反物一反である。それを見て只次郎が「う〜ん」と顎先(あごさき)を掻(か)いた。

「反物はともかく、前掛けは店で使うなら店のかかりとなるんじゃないでしょうか」

「なんと！」

「細かい、細かすぎるぜ、林様！」

ご隠居が目を見開き、升川屋が唾(つば)を飛ばして異を唱える。

俵屋が伏し目がちに、やんわりと微笑(ほほえ)んだ。

「そんなことを言ったら、お妙さんに簪(かんざし)の一本も贈れませんよ」

「あっ」

お妙の丸髷(まるまげ)に結った頭に、只次郎の視線が注がれる。酉(とり)のまちの土産(みやげ)に熊手の簪をもらいはしたが、季節ものなので挿してはいない。ゆえにお妙は今も、火事のときに身に着けていた櫛(くし)と笄(こうがい)のみで通している。

「分かりました。身に着けるものはご祝儀ということで」

「ヨッ、色男！」

「うちのお浜(はま)に振られはしたがね！」

まだ酒も出していないのに、旦那衆は早くも浮かれ騒いでいる。それだけ『ぜんや』の再開を、心待ちにしてくれていたのだろう。

皆ただの常連客ではなく、『ぜんや』の屋台骨となったのだ。もはやお妙の一存では、店を畳むこともできない。只次郎の真の狙いは、実はそこにあったのかもしれない。

「ともあれこれからは利益を出すためにも、うんと飲み食いしなくちゃなんねぇなぁ」

「それじゃあけっきょく、升川屋さんのお金が少し減って升川屋さんの懐に戻ってくるだけじゃないですか」

「あれ、そうか。じゃあよそから客を引っ張ってこなきゃなんねぇんだな」

「そういうことです」

分かっている。商売の話という体裁は取っているが、『ぜんや』の配当など旦那衆にとっては微々たるもの。それでも金を出してくれたのは、たんなる厚意だ。これでお妙の気が済むならと、つき合ってくれているにすぎない。ならばいっそう、励まねば。

「お志乃もさ、落ち着いたころに顔を出すって言ってたぜ」

只次郎と掛け合いのような軽口を叩いていた升川屋が、ふいに思い出したようにこちらを見る。お妙はあらためて腰を折った。

「本当に、お志乃さんにはお世話になってばかりで」

升川屋の離れを出るにあたり、お志乃は女ならではの気遣いで、鏡台や角盥（つのだらい）といった化粧道具一式と、充分な古着を持たせてくれた。『ぜんや』の再開に向けて、背中を押してくれたのも彼女である。

「いいんじゃねぇか。お志乃はやっと恩返しができたって喜んでんだ」

亡き良人善助が遺（のこ）してくれた店が焼け、また一から自分の手でやり直せる気がしなかった。だがそんなものは、とんだ思い上がりだ。支えてくれる手は、こんなにもある。『ぜんや』はもう、お妙一人のものではない。

「皆さんにも、なんとお礼を言っていいのか。お陰様で出直すことができました。いっそのこと、屋号も変えてしまってはと思うのですが」

お妙は旦那衆の援助を受けると決意してから、考えていたことを口にする。仕組みがまったく新しくなったのだから、以前の名にこだわることもない。旦那衆がいいと思う屋号を、相談して決めるつもりでいた。

だがすかさず只次郎が、「それはいけません」と首を振る。

「だって『ぜんや』の『ぜん』は、善助さんの『ぜん』でしょう?」

お妙はハッと息を呑む。善助から、屋号の由来を聞いたことはない。自分の名から一字を取ったのか、それともお膳の『ぜん』なのか。

どちらにせよこの屋号は、善助が考えたものだった。

亡き良人の名残など、もうどこにもないと思っていたのに。

「いいんですか？」

「もちろんです」

「善助さんが居酒屋を遺してくれたから、お妙さんと会えたようなものですからね」

菱屋のご隠居と俵屋が、すぐさま頷き返してくる。

「他にいいのを思いつきもしないしねぇ」

「『ぜんや』はもう、『ぜんや』って感じだよな」

三河屋と升川屋も、それでいいと言ってくれた。

「ありがとうございます」

目元が潤んでしょうがない。お妙はもう一度頭を下げ、しばらくそのままじっとしていた。

「それにしても、三文字屋さんは遅いですね」

ご隠居がちろりの酒を盃に受け、ちびりちびりと流し込む。

『ぜんや』に金を出した旦那衆の最後の一人、白粉問屋の三文字屋がなかなか姿を現わさない。一同すっかり待ちくたびれて、蕗味噌をつまみに上諸白を飲んでいる。

「あの人は、いつも早いんですけどねぇ」

「両国に寄ってくると言ったって、そんなにかからないだろうに」

「ちょいとそこまで見てこようか？」

俵屋と三河屋が心配げに首を傾げ、升川屋が腰を上げかけた。

ちょうどそこへ狙いすましたように、表の戸が開く。はたしてそこに、三文字屋が立っていた。

「どうもすみません、遅くなってしまいまして」

いつもは飄々とした御仁なのに、珍しく息を弾ませている。

「待ちかねましたよ。三文字屋さんが来ないとはじまらないんですから」

ご隠居が不機嫌を隠さずに、「早く、早く」と手招きをする。

「そんなに急かさなくたって、すぐそこにいるじゃないか」とお勝に呆れられるくらい、苛立っている。

「まことにすみません。ちょっと、これを取りに行っていたものですから」

責められても、三文字屋はどことなく優雅な物腰で近づいてきた。左手に風呂敷包みを提げているが、それよりもまず懐から、紙の包みを取り出した。

「きゃー！」

小上がりに置かれたそれを見て、お妙は思わず悲鳴を上げた。

「なんだい、娘みたいな声を出して」

お妙の肩越しに覗き込み、お勝が「ああ、いいじゃないか」と笑う。小上がりに座っていた旦那衆と只次郎も膝(ひざ)を躙(にじ)り、前屈(まえかが)みになった。

「おお、これは！」

只次郎が顔を輝かす。三文字屋は、誇らしげに鼻の横のホクロをうごめかせた。

「火事などですっかり遅れてしまいましたが、やっと仕上がりまして」

それはお妙の顔を描(か)いた、三文字屋の白粉包みである。それどころではないことが起こりすぎて、うっかり忘れていた。そういえば目当ての彫師(ほりし)も焼け出されたので、進みが遅れていると聞いていた。

「春の装いということで、梅をあしらってみました」

下絵のときは「秋の風情(ふぜい)で」と言っていたが、季節がずれたので紅葉の代わりに梅が描かれている。絵の中のお妙は紅梅の香りに酔ったように、うっとりと首を傾げていた。今にもため息が洩れそうな、物思わしげな顔つきである。

絵師の勝川春朗が「いい」と言った表情だ。色が載ったせいか下絵のときより、いっそう艶めかしく見えてしまう。

「素晴らしい。これはきっと売れますよ」

さっきまで不貞腐れていたご隠居が、すっかり機嫌を直している。

「ええ。私、買います。ひとまず十ほど！」

白粉などつけるはずもない只次郎が、舞い上がっておかしなことを口走っている。

只次郎を見てこの表情になったのだとは、口が裂けても言えない。お妙は頬を両手で覆った。

「お妙さんの名前は、やっぱり入れなかったんですね」

「ええ。ご本人がどうしても嫌だとおっしゃるもので」

「謎にするのは案外いいと思うぜ。『この美人は誰だ？』って興味を引くだろ」

「あっという間に評判になるでしょうねぇ」

頬が信じられないほど熱い。明日から店がはじまるというのに、熱でも出ては事である。その白粉包みを、早く仕舞ってはくれないものか。

「ともあれこれは、ご祝儀代わりにお妙さんへ」

　包みだけではなく、中身もちゃんと入っているようだ。三文字屋が恭しい手つきでこちらに差し出してくる。

「身に着けるものなので、認めます」

「ありがとうございます！」

　只次郎が頷くのを見て受け取り、懐にさっと隠した。しばらくすれば市中に出回るのだから、無駄な抵抗なのは分かっている。こんなもの引き受けなければよかったと、今さら嘆いたところで遅い。

「そんなことより三文字屋さん、『あれ』は？」

　皆の注意を逸らそうと、お妙は努めて明るく問いかける。

「ああ、そうです。『あれ』ですよ！」

　ご隠居が両手を大きく打ち鳴らす。もう待ちきれぬとばかりに、「早く早く」と腹を揺すって催促をする。

「はいはい、ではこちらがお待ちかねの」

　三文字屋が、ついに縮緬の風呂敷を解いた。姿を現わしたのは、洗朱に塗られた鎌倉彫の重箱である。

　その蓋が取り去られ、周りから「おお！」と歓声が上がった。

重箱に彫られていた模様は牡丹。三文字屋はさすがに粋である。

中には赤身と脂身の層がくっきりと分かれた薄切り肉が、綺麗に並べられていた。

四

花ではない牡丹といえば、猪肉。

四つ足の獣を食べるのは忌むべきこととされていても、人が旨いものを我慢できるはずがない。滋養をつけるための「薬食い」と称し、江戸では両国や麹町のももんじ屋で盛んに食べられている。

この度は『ぜんや』の新たな門出とて、滋養をたんまりと蓄えておこうではないかという話になった。そのための前祝い。両国のももんじ屋から、三文字屋が肉を引き取ってくる手筈になっていた。

待たされたぶん、肉を見ると皆の腹の虫が我慢できぬと鳴きはじめる。お妙は七厘に手早く炭を移し、小上がりに運び込んだ。

お妙とお勝も入れて全員で八人だから、四人ずつに分かれられるよう、七厘は二つ。土鍋も二つ用意して、合わせ出汁に三河屋が持ってきたばかりの赤味噌と白味噌を半々に溶き入れる。味醂と砂糖で味を調えてから、火にかけた。

それだけでも、香ばしい味噌のにおいがたまらない。汁が煮立ってきたらそこへ、猪肉を入れてゆく。しかしまだ、焦ってはいけない。猪は、煮れば煮るほど旨くなる。

「ああ、もう。蛇の生殺しとはこのことですよ」

ご隠居が鼻をひくりひくりと動かして、身悶えしている。

「しょうがねぇ。においだけで酒を飲むしかあるめぇ」

升川屋が腹を据えて、空になったちろりを振る。お勝も心得たもので、すでに銅壺に沈めてあったちろりを引き上げてくる。

「ああ、今この出汁に、猪の脂がじわりじわりと染み出ているんでしょうねぇ」

「それを他の具が吸って、ますます旨いという寸法ですよ」

「牡丹鍋は、味噌味ってところがまたいいんだ」

只次郎、俵屋、三河屋が、ぐつぐつと煮える鍋に魅せられたようになっている。

「汁が、煮詰まってしまいませんか？」

待ちきれなさに、三文字屋が余計な心配をしはじめた。

「大丈夫です。煮詰まってちょうどいい濃さにしてあります」

今しばしの辛抱である。

あらかじめ用意してあった具は、葱、豆腐、牛蒡のささがき、白滝、それから芹。頃合いを見て、煮えづらい順に入れてゆく。陽が傾いて冷えてきたが、湯気が盛んに立ち昇る小上がりは暖かい。

そろそろだろうか。取り皿と箸を行き渡らせて、「お好みで」と粉山椒の小壺を置く。一同の喉が、ごくりと鳴る。

「どうぞお召し上がりください」

そう告げたとたん、各々の箸が閃いた。取り箸も用意してあったが、そんなものを使う余裕は誰にもない。ご隠居がいち早く肉を口に入れ、ほふほふと息を吐いた。

「ふはぁ、これですよ、これ！」

眉間をぎゅっと絞り、旨さに身を震わせる。

「ううん、脂がこんなに乗っているのに、さわやかです！」

「味噌がまた、よく染みてるよ」

「粉山椒の風味がよりいっそう、肉の旨みを引きたてますね」

「ちょっと濃いめの味つけが、酒にも合う！」

只次郎と他の旦那衆も、天を仰いでそれぞれに感動を言葉にする。

お妙も急いで小上がりに座り、肉をひと切れ口に含んだ。

「ああ、美味しい」

とろけそうになる頰を、手で押さえる。只次郎が言うように肉の脂はくどさがなく、血抜きのしかたがいいのか臭みもほとんど感じられない。煮込んでも硬くはならず、ほぐれるような口当たりだ。

「あったまるねぇ」

お勝が汁を啜りながら、しみじみと呟いた。

鍋物で体が温まるのはあたりまえだが、猪肉を食べると身内を流れる血そのものが熱くなるような気がする。その血が手先、足先にまで巡ってゆく。薬食いと呼ばれるわけだ。これは間違いなく、精がつく。

「はぁ、肉の旨みを吸った野菜が、また格別」

「白滝もいい。色が変わってくたくたになったのが最高だ」

肉も野菜もかなりの量があったのに、凄まじい勢いで減ってゆく。誰もかれも頰の血色がよく、鼻の頭を光らせている。自分もそうなっているのだろうと、お妙は控え目に鼻の頭を指先で拭った。

「ふう、なんだかまだ食い足りねぇな」

ついに鍋の中も、銘々の皿の中も綺麗に片づいてしまった。升川屋が未練を滲ませ、箸を置く。腹はくちているのだが、舌がまだもう少しと求めている。

青物や魚といったものは明日の朝あらためて仕入れるつもりで、調理場にはもう目ぼしい材料がない。お妙はちょっと考えて、小麦粉があったことを思い出した。

「すいとんなら、すぐご用意できますが」

「もちろん、いただきます」

只次郎を筆頭にして、旦那衆もまた力強く頷いた。

小麦粉に塩をひとつまみ。水を少しずつ加え、耳朶ほどの柔らかさに捏ねてゆく。それを小さくちぎって平らに潰し、煮立った湯でさっと茹でた。芯がまだ、ほんの少し残っているくらいがちょうどいい。口当たりがいいようしっかりと、水で締めておく。

準備はあっという間にできた。それを、猪鍋の煮詰まった汁に入れてゆく。さらにもうひと煮立ちさせたら、できあがりだ。

「ちくしょう。こんなもの、旨いに決まってるじゃねぇか」

「つるつるでもちもちで、なおかつ味噌が甘辛くて」

「うどんの締めは食べたことがありますが、すいとんも悪くないですねぇ」

俵屋が言うように、とっさの思いつきにしては悪くない。食べた感じは、濃厚な味噌だれが絡んだ団子のようでもある。

「いやぁ、満足。このぶんなら、『ぜんや』の今後は安泰ですね」

ご隠居が舌に残った味噌の味を、酒で洗い流してにやりとした。この前祝いは、お妙の腕と機転が鈍っていないかを確かめるためでもあったらしい。まったくもって、油断のならないお人である。

「ええ、利益もすぐに出ることでしょう」

「せいぜい俺らを潤わせてくれよ、お妙さん」

俵屋と升川屋の景気のいい励ましに、お妙は「はい」と微笑みを返した。

本当は、誰にも先のことなど分からない。どれだけ順調に進んでいるように見えても、先日の火事のように一夜で灰燼と化してしまうことだってある。物事がうまく行けば行くほど、幸せな日々がまたもや奪われてしまうのではないかと、恐ろしくなる。

幼い日の記憶がよみがえったことは、旦那衆とお勝にも伝えた。父母を殺したかもしれぬ黒幕とやらは、いつまでこの幸せを見逃していてくれるのだろうか。

敵はあまりにも大きくて、まったくもって、得体が知れない。

そんなことを考えていたものだから、ふいに表の戸が叩かれて、お妙はびくりと肩を竦ませる。外にはまだ、障子看板もなにも出していない。気の早い客というわけではなさそうだ。

「お妙さん、ここは私が」

腰を浮かしたお妙を制し、只次郎が立ち上がる。傍らに置いてあった長刀を佩いて、音も立てずに土間へと下りた。

その無駄な動きのなさから只次郎が、常にお妙の周りを警戒していることが窺えた。旦那衆も酒の酔いを面から消し、もしものときのために身構える。

只次郎が体を斜に構え、戸板をごく薄く引き開けた。外にはすでに薄暮が広がり、小上がりからでは相手の顔など見分けがつかない。だが只次郎の背中に張りついていた緊張が、すっと解けるのが分かった。

「なんだ、お前か」

戸板がさらに開かれて、来客の顔が定かとなる。丸い顔に丸い鼻、見覚えのある男だ。

「探しましたよ、只次郎様。まだ菱屋にいるかと思って、大伝馬町まで行っちまったじゃないですか」

へへへっと追従笑いを浮かべているのは、たしか林家の下男である。

「ああ、悪いね。数日前からここに移ってきたんだ。で、用件は？」

只次郎は酒や駄賃をやって、この下男を手懐けていた。林家を出てからも、連絡係としてうまく使っているのだろう。

「へぇ。お栄様から、お手紙が参っております」

「おお、ありがとう」

下男が懐から出した手紙を見て、只次郎の声が弾んだ。よほど嬉しかったらしく、「これでなにか、旨いものでも食べなさい」と下男に小粒を握らせている。

「えっ、こんなに。いいんですか？」

「いいとも。お栄から手紙が来たら、また知らせてくれ」

「ははあっ！」

下男は小粒を押し戴いてから、大事そうに紙入れに仕舞った。こんなに気前がよくては、主家より只次郎に懐いてしまうのも無理はない。その点では林家の現当主だという兄に深く同情する。

只次郎は下男を帰すと、喜びを隠しきれぬ足取りで戻ってきた。我慢ができなかったらしく、床几に掛けるとさっそく手紙を読みはじめる。

「可愛がっていらした姪御様ですか？」

「はい、久しぶりの手紙です」

千代田の奥に勤めている女の子だ。まだ幼いがその聡明さを見込んだ只次郎の尽力により、御年寄の部屋子として迎えられた。よほど目をかけていたようで、久しぶりの消息に喜びが抑えきれないでいる。

人目も憚らず只次郎が手紙を読みはじめたので、お妙は片づけをしようと立ち上がる。お勝は一服をつけたところで、当分その場から動くつもりはないようだ。

しかたがないと諦めて、空いた皿を重ねてゆく。獣の脂はただの水では落ちづらい。今日は灰汁を使ったほうがいいかもしれない。

呑気なことを考えていたものだ。だから只次郎の様子がおかしいことに、気づくのが遅れた。

「林様、どうなさったんです？」

三文字屋の声に、お妙は驚いて振り返った。

只次郎は、先ほどと変わらぬ姿勢で座っている。だが手紙を持つ手は小刻みに震え、さっきまで血色がよかったはずの頬からは血の気が引いていた。

「まさか、姪御様になにか？」

嫌な予感に、心の臓を鷲摑みにされる。あたりまえの幸せが壊されるのは、いつだって突然だ。

しかし只次郎は、静かに首を横に振った。

「いいえ、元気です。手紙の内容も元気に頑張っているとか、御三之間(おさんのま)以上の女中の名前は全員覚えたとか、あとは季節のことなどを」

「なぁんだ、焦っちまった。でもなんで、そんなに動揺してんだい？」

お勝が煙草盆に煙管(きせる)を打ちつけ、吸い殻を落とす。只次郎はもう一度、手紙の文面を目で追った。

「大奥でも梅が盛りで、お中臈(ちゅうろう)のどなたかが飼っているのか、鶯が鳴きはじめたと。それがまた、見事なルリオ調らしいんです」

升川屋が、口笛でも吹きそうに唇を尖らせる。

「へぇ。林様、大奥にまで顔が利くんですかい？　それとも誰かが献上したとか」

「私の顔なんぞが利くはずありませんから、後者でしょう」

ルリオをつけ親にして歌を覚えた鶯たちは、ルリオ調と呼ばれて好事家の間では珍重される。だから進物としてやり取りされたとしても、なにもおかしいことはない。

だが只次郎には、ずっと気にかけていることがあったという。

「皆さんは、すでにお忘れでしょう。佐々木(ささき)様に命じられて育てた二羽の鶯が、行方知れずのままなんです」

佐々木様は、先の小十人頭。公にはなっていないが、鶯の糞買いであった又三の殺害を命じた張本人だ。

その罪が明るみに出そうになって、誰にお目こぼしを願おうとしたのか、只次郎に預けていた鶯たちを大慌てで引き取っていった。しかしその甲斐もなく、佐々木様は預かり先の親族の家で不審な死を遂げている。

お妙を脅かしている黒幕とやらの意を汲んで、勝手に動いていたと思われる佐々木様。ご隠居が、ごくりと唾を飲み込んだ。

「じゃ、大奥で鳴いている鶯というのはまさか――」

その先を、続けることは誰にもできなかった。

皿を片づけるときについたのか、猪の脂が指先で冷えて固まっている。指の腹でこするとにちゃりと嫌な感触がして、薄くこびりついてしまった。

蟹の脚

一

妙なる声で、鶯が鳴く。

ルリオが「ホーホケキョ」と喉を震わせれば、ハリオも競うように声を合わせる。子のハリオのほうが、やはりルリオよりわずかに声が高い。若々しい声と、円熟味のある声。どちらも甲乙つけがたく、趣深い。

鳴き終えた後の余韻までじっくりと味わってから、林只次郎は目を開けた。

「はい、いかがでしょう。律、中、呂の鳴き分けを聴いていただきました。この三音を同じ幅で鳴けるのがよい鶯とされております。そしてこちらの籠にいる雛が、熱心に聴いていたのが分かりましたか？　これがつけ子鶯。まだ鳴きはじめてはいませんが、耳で聴いて覚えているところです」

そう言って、鳴きつけのために商家から預かっている雛の籠を指し示す。只次郎の前には帳面と矢立を手にした男たちが並んで座り、熱心に相槌を打っている。

商家の若旦那に、戯作者、御家人、大工の棟梁。境涯のばらばらな者たちが十人ばかり、神田花房町代地の居酒屋、『ぜんや』の二階に集っていた。

ひと部屋では手狭なので襖を取っ払い、二間続きにしている。奥は普段、お妙が使っている部屋である。

「ですが歌を覚えて帰っても、飼い主の家では鳴かないということがある。鶯は繊細ですから、生活が乱れるとすぐに調子が狂ってしまうんですね。覚えた歌も、正しく鳴けない。そういうときは一日の流れをちゃんと決めて習慣づけてやれば、元気になってそのうち歌も思い出します」

これまで鶯指南は、只次郎から出向いて依頼主の家で行ってきた。だが近ごろは人数が増えてきて、すべての家を回るのは骨が折れる。これでも一応用心棒のつもりなのだから、『ぜんや』を長く留守にするのも心配だった。

酒を飲みながら菱屋のご隠居相手にそんな話をしていたのが、六日ほど前。するとお妙が、「だったらうちの内所を使ってください」と申し出てきた。「『ぜんや』はもう、林様の店でもあるんですから」と。

そうはいっても、内所はまた別だろう。しかし只次郎は、お妙の含み笑いにすぐに気づいた。

「では、これにて。ありがとうございました」

ひとわたりの講義を終えて、手を打ち鳴らす。それを受けて男たちも、「ありがとうございます」と声を揃える。只次郎は、右手で盃を傾ける仕草をした。

「もしお暇があるなら、下で一杯やってってくださいね。質問などもあれば受けつけます」

まったく、お妙も抜け目がない。人を集めれば、それだけ店が儲かるという寸法だ。見た目の儚さに騙されそうになるが、案外たくましい女である。

「あの、林先生」

皆がぞろぞろと一階へ下りてゆく中、商家の若旦那だけが只次郎の手を取らんばかりにすり寄ってきた。たしか、紙問屋の惣領だったか。女のような華奢な体に、ぞろりと長い、いかにも若旦那然とした羽織を着ている。

「そのルリオかハリオを、私に譲っちゃくれませんか。金ならいくらでも出します」

またかと、只次郎は内心ため息をつく。こういう手合いは嫌というほど見てきた。なにごとも、金さえ積めば叶うと思い込んでいる。それはこの男が、金しか手にしていないからだ。

「『先生』はやめてください。そしてルリオとハリオは、売り物ではございませんので」

「そこをなんとか！」

「諦めてください」

どうせこの後は、いくらなら売ってくれるかという掛け合いになる。その余地すら見せず、只次郎はきっぱりと断った。

白粉を塗ったように白い若旦那の顔が歪み、ぷいとそっぽを向く。子供のような仕草だと呆れていたら、なにも言わずに立ち上がり、足音も高く階段を下りてゆく。

やれやれ。ああいう輩が紛れ込むのなら、もう少しやりかたを考えなければいけないか。お妙が寝起きする内所に、あまりおかしな者を入れたくはない。

「さてと」

ひとまず、取り払ってしまった襖を戻そう。只次郎は壁に立てかけておいた襖を抱え、部屋を仕切る敷居に嵌め込んでゆく。

お妙の部屋には、まだあまり物がない。布団などは押し入れの中だとしても、ずいぶんあっさりしている。目につくのは鏡台と、文机が一つ。亡き良人善助の位牌が、文机の上にちょこんと載っている。

あの火事から、お妙がどうにか救い出してきたものだ。懐の中に守られていたから、焦げ跡ひとつついてない。

死してなお、お妙の心に留（とど）まり続ける善助が羨（うらや）ましくはあるが、この位牌が焼けなくてよかったとも思う。四枚の襖を嵌め直し、閉める前に、只次郎は位牌に向かって軽く手を合わせた。

まだ昼四つ半（午前十一時）を過ぎたところ。『ぜんや』はさっき開いたばかりというのに、下に降りてみるとなかなかの繁盛っぷりだった。

「あ、先生！」

武士である御家人はさすがに帰ったようだが、さっきまで指南を受けていた男たちが、小上がりで車座になっている。その中から大工の棟梁がひょこりと顔を覗（のぞ）かせて、只次郎を手招きした。

「『先生』はやめてください」

苦笑しつつ、招かれるままに小上がりの縁（へり）に腰掛ける。

床几（しょうぎ）には若い娘たちが、三人並んで座っていた。どこかの町家の娘らしく、酒も飲まずに土筆（つくし）のきんぴらで茶を飲んでいる。甘辛い土筆が番茶に合うのはよく分かるが、あれで長く居座られても困る。

娘たちはお妙の立ち働く様を、うっとりと眺めていた。時折呼び止めては、化粧水はなにを使っているのかと聞いている。お妙の美貌にあやかりたいようである。

　白粉問屋の三文字屋からついにお妙の大首絵が摺られた白粉が売り出され、それがさっそく評判を呼んでいる。売り出したその日から「これは誰の姿絵か」との問い合わせが引きもきらず、対応に追われた三文字屋の手代がうっかり洩らしてしまった。

　こういう噂は広まるのが速いものだ。以来店を開ける準備などしていると、開け放した戸口から若い娘がそっと中を窺っていたりする。お妙が気づいて振り向こうものなら、「きゃーっ！」と甲高い声を上げて走り去ってゆく。失礼な話である。

　この娘たちもそういった手合いであったが、一昨日ついにお妙から「寄って行きませんか？」と声をかけられて、半刻（一時間）ほど座って茶を飲んでいった。それに味を占めて、今日も来てしまったのだろう。

　白粉包みの女の正体が知れても、店の繁盛に繋がればいいと考えていたが、これは見込み違いであった。土筆と番茶で粘られては、金にならない。あと半刻もすれば仕事を終えた魚河岸の男たちがぞろぞろとやって来るだろうが、場違いな娘たちがいては入りづらかろう。それまでには引き取ってもらわなければ。

「いやぁ、本当にお綺麗ですねぇ。水仕事をしているのに、手まですべすべじゃありませんか」

そして紙問屋の若旦那は、なぜそこに加わっているのか。気分を害して帰るかと思ったのに、娘たちとは背中合わせに座ってお妙に話しかけている。

迷惑な客を追い返すのが得意なお勝は、小上がりの客のために酒の燗をつけているところだ。もし若旦那がお妙の手でも取ろうものなら、すぐさま追っ払ってやろう。

鶯をよく鳴かせるにはなにを食べさせればいいかという棟梁の質問に答えつつ、只次郎はいつでも立ち上がれるよう身構える。

冬ごもりの虫たちが地上に這い出てくるという啓蟄も過ぎた、如月七日。たしかにおかしなものが湧いてくる季節である。

「あ、ちょっとアンタ、逃げてるよ！」

ちろりで両手の塞がったお勝が、足元を顎で指し示す。なにごとかと見れば、菱形の蟹がのしのしと土間を横切ろうとしていた。

「やだ、どうして」

お妙が慌てて、戸口へ向かう蟹を追いかける。鋏と脚を紐で縛り、木箱に詰めてあったのに、どうやって抜け出したものだろう。

必死に生き延びようとしている蟹にとっては笑いごとではなかろうが、お妙に捕まって手足をじたばたさせている蟹にひと笑いが起きる。棘のついた大きな鋏を振り回しても、滑稽に見えてしまうのが哀れである。

蟹が好物らしく、大工の棟梁が目を輝かせた。

「蝤蛑（渡り蟹）かぁ。今の季節は雌の内子が旨いんだよなぁ。それ、茹でるのかい？」

「いいえ、蒸します」

「いいねぇ、ひとつおくれ」

棟梁の注文を皮切りに、「こっちにもひとつ」と小上がりから次々に手が上がる。蟹は逃げそびれたばかりでなく、徒に男たちの食欲をそそってしまったようである。

「はい、ただいま。林様はどうなさいます？」

暴れる蟹を手にしたまま、お妙が尋ねてくる。只次郎は腹具合と相談してから、首を振った。

「ご隠居が後で来ると言っていましたから、そのときにでも」

「はぁ、そうですか」

いつもならすぐ「いただきます！」と食いつくのに、珍しいこともあるものだ。お妙の顔に、そう言いたげな困惑が浮かんでいる。

「体の調子はべつに悪くありませんよ」

お妙の心配を先回りして取り除き、只次郎はにっこりと微笑んだ。

「ならいいんですが」と言って調理場へと向かうお妙を見送ってから、目の端でそっと床几を窺う。紙問屋の若旦那が惚けたように口を開け、きょろきょろと周りを見回していた。

二

べつに只次郎が追い返さなくとも、町家の娘たちは魚河岸から男たちが流れてきたとたん、示し合わせたかのように立ち上がった。

荒っぽい男たちが怖かったのか、面を上げずに素早く「カク」と「マル」の間をすり抜けてゆく。土筆のお代は折敷の上に、三人分まとめて置かれていた。

顔も頭も角張っている「カク」が、去ってゆく後ろ姿を目で追い、唇を尖らせる。

「なんでぇ、鬼でも出たみたいに逃げやがって」

「おめぇが臭ぇからじゃねぇか?」と、からかうのは丸顔の「マル」だ。

「あんだと? てめぇだって臭ぇだろうが!」

日本橋で魚を取り扱っているのだから、手を洗ったところでにおいは染みついている。どっちもどっちのくせに、「カク」が「マル」の胸倉を摑み、「マル」もまた摑み返す。

「うるさいね。そういう喧嘩っ早いところが嫌われるんだよ！」

お勝にぴしゃりと叱られて、後から入ってきた同業者にも笑われる。「カク」と「マル」は互いの胸元を直しながら、「なんでぇ。喧嘩するほど仲がいいってやつじゃねぇか」と拗ねて見せた。

小上がりの先客が、続々と入ってくる男たちを見て「あ」と腰を浮かしかける。「カク」が手を上げて、それを押し留めた。

「いいからいいから、そのまんまで。俺たちゃ慣れてるからよ」

座るところがなければ作ればいい。壁際に積み上げてある酒樽を、銘々勝手に持ち出して腰掛けてゆく。そんな騒ぎの最中に、紙問屋の若旦那は「じゃ、私はこれで」とお妙の手にお代を握らせる。

帰る際に若旦那が羽織の袖で鼻から口を覆っていたものだから、「カク」がまた「なんでぇ」と口を尖らせた。

「よぉ、お勝さん。俺たちゃそんなに臭いかね？」

「べつに気になるほど臭かぁないよ」

「そうかい。お勝さんがそう言うなら嘘はねぇな」

口は悪いが、お勝は決して嘘は言わない。仲買から棒手振りまで、ほっとしたように笑みを浮かべた。

その中で「マル」だけが、眉間に皺を寄せている。

「でもよ、俺たちが来ることで店の迷惑になるなら、遠慮せず言ってくれよ」

「なにを言うんですか、『マル』さん」

床几に残された折敷を引こうとしていたお妙も、これには目を丸くした。

「だってよぉ、こう御成街道に向かって戸口を開けてたんじゃ、客の質だって変わるだろ。こんな旨い店じゃたちまち評判になるだろうし、俺たちがしょっちゅう押し寄せてくるってのはさ」

「そうだなぁ。さっきの娘さんたちみてぇに、嫌がる奴はいるだろうなぁ」

「マル」に続いて「カク」までが、頬に手を当てうんうんと頷いている。他の男たちも、「言われてみりゃあなぁ」と顔を見合わせた。

「なにを言っているんですか。前からのお客さんを大事にできない店に、新しいお客がつくはずないでしょう。ここに店を構えた初日に皆さんが大勢で来てくださって、私がどれだけ嬉しかったか」

ここ神田花房町代地で『ぜんや』が再開したのは、先月二十三日のこと。さっそく祝いの鯛など持って、駆けつけてきたのが魚河岸の男たちだ。元気な顔が見られてよかったと喜び、少しでも店に金を落とそうと、大いに飲み食いしてくれた。お妙は彼らが帰ってから、「店を続けると決めてよかった」と、涙を流して喜んでいた。

今もまた、瞳が少し濡れている。ただの居酒屋と、ただの客ではない。もっと強い繋がりが、双方に出来上がっていた。

「俺たちゃただお妙さんと、お妙さんの料理が恋しかっただけだよ」

「そうさ。三月も『ぜんや』の飯を食ってなかったから、『マル』ときたらひでぇ風邪をひきやがったんだぜ。まん丸な顔を、さらに提灯みたいに腫らしやがってよぉ」

「あ、コラ。ばらすんじゃねぇよ！」

「マル」が「カク」をぶつふりをし、周りがほのぼのとした笑い声を上げる。小上がりに座る大工の棟梁も、「いい店だねぇ」となぜか涙ぐんでいる。

お妙がそっと、目尻を指の先で払った。

「そういうわけですから、今日もゆっくりしてってください。お酒、つけますね」

「ああ。それと今日は、蟹だろ？」

そう言って、「カク」が鼻をひくひくさせる。小上がりの蟹はすでに食べ終えて片づけられたが、甘いにおいが残っている。

「だったら嫌でも長居にならぁ」

蟹を食うには、割ってほじってと忙しい。時間のかかる食べ物だ。

「マル」の明るい冗談に、皆が「ちげぇねぇ」と言って笑った。

魚河岸の男たちが飲み食いした値を帳面に書き込み、算盤を弾く。この程度の計算ならば頭の中だけでもできるが、念のためだ。今日はなんだか、朝から頭がぼんやりしている。

「──様。林様」

お妙の呼び掛けに、ハッと息を呑んだ。只次郎の座る床几に、番茶が置かれている。お妙が持ってきてくれたのだろう。

「ああ、ありがとうございます」

手に取って、ひと口啜る。番茶はすでに冷めている。

「それは、アタシがさっき置いといた茶だよ」

客が切れた隙に小上がりで茶漬けを掻き込んでいたお勝が、顔をしかめつつ爪楊枝を使っている。この番茶は、飯を食べる前についでに淹れてくれたのだろう。

「ああ、すみません」

筆を矢立に戻し、帳面を閉じようとする。その前にお妙が、「まだ乾いていませ
ん！」と手を出して止めた。

「本当に、大丈夫ですか？　今日は朝からあんまり召し上がっていないじゃないです
か」

朝はお妙が作ってくれた握り飯を一つだけ。そしてもう夕七つ（午後四時）を過ぎているというのに、昼はまだ食べていない。せいぜい「カク」が「まぁ一杯」と注いでくれた酒を干したくらいだ。

いつも通りに過ごしているつもりでも、少し食べないだけで心配されてしまう。普段の食い意地のほどが知れると、只次郎は己に呆れた。

体調が悪いわけではない。珍しく食が進まない理由は、分かっている。朝一番に実家の下男から届けられた手紙のせいだ。

「平気です。ご隠居が来たら食べますから」

それでも只次郎は意地を張る。手紙を読んですぐ、下男の亀吉を菱屋に走らせた。今日中に話がしたいと言づけると、「夕刻には」との返事があった。

だからこうして、ご隠居が来るのを待っている。本当は旦那衆全員と顔を合わせて

相談したいところだが、この件では不用意に集まることは避けたかった。

「なんだかよく分かりませんが、そういうことなら、食べようじゃありませんか」

唐突に、ご隠居の落ち着いた声が割り込んでくる。戸口を振り返ると、恰幅(かっぷく)のいい体がゆっくりと近づいてきた。いかにも腹に一物ありそうな狸(たぬき)、といった風貌(ふうぼう)は、味方であれば心強い。

ほっと息をつく只次郎をよそに、ご隠居は鼻をひくひくと蠢(うごめ)かせ、「お、蟹ですね」と呟(つぶや)いた。

三

話があるなら他の客が来ないうちにと誘われて、只次郎はご隠居と共に小上がりに座った。

お妙がすかさず、茹で若布(わかめ)と土筆のきんぴら、小松菜と油揚げの煮浸(にびた)しを折敷に載せて運んでくる。ご隠居が「おっ」と眉(まゆ)を持ち上げた。

「今が旬(しゅん)の生若布ですね。こりゃ旨そうだ」

「ええ、お酢と醤油(しょうゆ)、それからほんの少し胡麻油(ごまあぶら)を垂らして和(あ)えてみました。林様も、召し上がってくださいね」

「ああ、はい。いただきます」

急に名指しされ、只次郎は背筋を伸ばして箸を取る。つるりとした生若布なら喉を通りやすかろうと口に入れ、たちまち鼻に抜ける磯の香りに目を細めた。

ご隠居も、頬を持ち上げて唸る。

「ううん、やはりこの、干し若布にはない風味がなんとも言えませんねぇ」

ほんの少しの胡麻油がまた、いい仕事をしている。香ばしさが加わって、いくらでも食べられてしまいそうだ。

土筆のきんぴらも、甘辛い味つけと土筆のほろ苦さがいやに合う。これは酒だと思ったときにはもうお勝に注がれていて、まずは軽く喉を湿らせた。

「ふう、旨い。それで、お話というのは？」

ご隠居が肩を大きく上下させ、只次郎に水を向ける。生若布のお蔭で喉が滑らかになった気がする只次郎は、頷いて例の手紙を懐から取り出した。

「お妙さんとお勝さんも、来てください」

二人を呼び寄せ、手紙を開く。まだたどたどしいが、思いきりのよい文字が紙の上に並んでいる。部屋子として千代田の奥に上がった、お栄からの手紙である。

先日届いた手紙には、どこかしらの部屋でルリオ調の鶯が鳴いているとしたためれていた。

わずか九つの子供が書き寄越(よこ)したことではあるが、お栄は幼いころからルリオの世話を手伝っており、鳴き声をしっかりと聴き分ける。そのお栄が「ルリオ調」だと断じているのだから、まず間違いはあるまい。

あらためて、調べてみた。ルリオをつけ親として歌を覚えた、鶯たちの行方をだ。

これまで鳴きつけを依頼してきた人物の名は、すべて頭に入っている。江戸中を歩き回り、ルリオ調の鶯を訪ね歩いた。

鶯たちの境遇はだいたい、大事に飼われ続けているか、残念ながら命を落としてしまったか、人に譲られたかのどれかだった。人に譲ったという場合は、その家にもたしかめに行った。

結果として、行方知れずになっているのはやはり一羽だけ。先の小十人頭(こじゅうにんがしら)である佐々木様に、命じられて育てた鶯だった。

大奥で鳴いている鶯は、一羽だという。ならば佐々木様の鶯の片割れと見るのが妥当である。

おそらく己の保身のために、佐々木様から誰かに贈られたであろう鶯。その「誰か」を只次郎は知りたかった。

そこでお栄への返事にさりげなく、「どこの部屋で鳴いているんだろうね？」と書いて送った。その答えが、今手元にあるこの手紙に書いてある。

ご隠居が手紙の文面にさっと目を通し、「むむ」と唸った。

お妙も気づいたのか目を見開き、お勝も眉間に皺を寄せる。

三者が見つめる先には、『慈徳院様の御部屋にて候』という邪気のない文字。お栄が仕える御年寄から、それを教えてもらったという。

「慈徳院様といえば――」

あたりを憚るようにひそめられたご隠居の声は、さらに掠れている。只次郎は頷き、同じく囁くように答えた。

「公方様の、御生母様です」

どこのお中臈かと思えば、あまりにも大きな名が出てきた。時の将軍十一代家斉公の御生母、於富の方と呼ばれたお人だ。

御三卿一橋家当主、徳川治済の側室である。十代将軍家治公の世嗣であった家基公の急逝に伴い、我が子を家治公の養子とし、今の地位に収まった。噂によればその際に、かなりの根回しがあったという。

「では、一連の騒動の黒幕は――」

呆然と口にした言葉の、あまりの畏れ多さに、ご隠居が「うう」と身震いをする。

だが、そう決めつけてしまうのは早計である。

「待ってください。黒幕とやらは、反田沼派であったはず。御生母様は、田沼主殿頭様とは昵懇であったといいます」

なにせ我が子を将軍継嗣とする際に、主殿頭様の力を借りている。恩はあれど、憎む筋合いがどこにあろう。

「ですから鶯は、佐々木様から御生母様に贈られたのではなく、間に誰かを挟んでいるのではないかと思うのですが」

「なるほど。つまり、黒幕から御生母様に、ということですね」

ご隠居が渇いた喉に酒を流し込み、頷く。お妙とお勝は、相槌も打たずに聞いている。

「ええ、私が朝から悩んでいたのはそこです。手紙の返事で『いったいどなたから献上されたのだろうか』と問えば、おそらく姪は調べてくれます。頭のいい子ですからきっと、真相にもたどり着くでしょう。ですが――」

「いけません!」

只次郎がまだ先を続けようとしているのに、お妙が遮る。慈徳院様の名を目にしたときよりも、顔が真っ青になっている。

「小さな女の子に、そんな危ないことをさせないでください。周りを嗅ぎ回っていると知られたら、どれほどひどい目に遭うか。これ以上、誰かを犠牲にするのはまっぴらです！」

お妙はもう充分傷ついてきた。良人の善助を失い、自分のために動いてくれた又三まで命を散らし、幼いころの、ふた親の死の記憶まで蘇った。なぜこの美しい人にはこんなにも、死の影が濃くこびりついているのだろうかと、悲しくなるほどに。

「それに私のふた親の死は、一連の騒動とは別物かもしれません。もう二十年も前のことですし、遠い堺での出来事です。ただの、賊の押し込みかも――」

本当は自分でもそんなはずないと思っているくせに、手を白くなるほど握り合わせて訴える。

主殿頭様に知恵を貸していたお妙の父、佐野秀晴は、反田沼派に睨まれていたはずだ。そんな人物がたまさかに、賊に襲われるということがあるだろうか。もちろんまったくないとは言えないが、あまりにも都合がよすぎる。

「そうだよ。アタシたちのような小者は捨て置くと言ってんだから、藪をつついて蛇を出すこたぁないよ。なにより姪御さんが危ないじゃないか」

「私もそう思います。危ない橋は、渡らないほうがいい」

お勝とご隠居にも反対され、只次郎は強く目を瞑った。

手を伸ばせば届くところに真相があるかもしれないのに、見て見ぬふりをしていいものか。だが手紙の返事を独断でせず、ご隠居にまでわざわざ来てもらったのは、「そんなことはしなくていい」と止めてもらいたかったからだろう。只次郎だって、お栄が大事だ。

「すみません」

「なにを謝ることがあるんですか。あたりまえのことじゃありませんか！」

膝の上で握った手に、お妙の手が重ねられる。それはひんやりと冷たく、只次郎の身の内にある余分な熱を吸い取ってゆく。

「本当に、なにを悩んでいるかと思えば。ちゃんとご飯を食べていないから、ろくな考えにならないんですよ」

「いやべつに、空腹のせいでは」

「食べていないからです！」

もう一度はっきりと言いきられ、只次郎は「はぁ」と気圧された。

ご隠居が盃を口に運びながら、くすくすと笑う。

「心配したんでしょうよ、お妙さんは」

そのとたん、お妙の手がぱっと離れた。手の甲に、名残惜しい感触が残っている。

「そうだねぇ。アンタが飯を断るなんて、ただ事じゃないからね」

お勝がニヤリと笑い、いつもの調子でからかってくる。変に湿っぽくなってしまったのを、笑って吹き飛ばそうというわけだ。それならばと、只次郎も気を取り直す。

「ひどいですねぇ。私、普段からそんなに食べてませんよ」

「いいや、食べてるよ！」

うふふふと、お妙が笑う。一緒に笑ってしまおうと、只次郎も声を揃える。笑う門にはと俗に言うが、本当に笑っているだけで福が来てくれるといい。戸を開けて、いくらでも迎え入れてやるだろうに。

そんなことを考えていたら、戸口の向こうで何者かの気配がした。

ハッと頬を引き締め、入り口を睨む。風が出てきたので、ご隠居が来てからお妙が板戸を閉めていた。その戸がすらりと、滑らかに開く。

「おっ。やっぱり新しい家だけあって、戸が軽いな」

飄々（ひょうひょう）とした足取りで入ってきたのは、升川屋だ。只次郎の眼光に気づき、「えっ？」

と怯(ひる)む。

「どうしたんですかい、林様」

いけない、気を張りすぎていたか。只次郎はこわばった頬を揉(も)む。

「すみません。なにかおかしな気配がするなと思ったもので」

「それならさっき若い娘が二人、閉まった戸の前でもじもじしてたぜ。入らねぇのか
と聞いたら、走って逃げちまった」

「ああ、また白粉包みを見て来た子たちだね。まぁべつに、害はないんだけどさ」

「ええ、可愛(かわい)らしいんですけどねぇ」

言葉とは裏腹に困ったような顔をして、お妙が腹の底からため息をつく。

そう、害はないが困るのだ。害意があって近づいてくる者との区別がつきにくい。

特に今は、怪しい者はいるまいかと常に目を光らせておきたいのに。

「ともあれ升川屋さんもいらしたんですから、蟹を蒸しましょう、蟹を」

お妙が場の流れを変えようと、ぱんと手を打ち鳴らす。お栄の手紙を只次郎にこっ
そりと返しながら、ご隠居も「そうです、蟹ですよ」と大きく頷く。

升川屋が形のいい鼻をひくひくさせながら、周りを見回した。

「だよな、このにおいは蟹だと思ってたんだ」

四

蟛蜞は死ぬとすぐに身が腐ってしまうため、生きたまま手足を縛って商われる。だからこそ、たまに縛め（いまし）を抜けて逃げだすこともある。

盛んに湯気を上げる蒸し器の前で、お妙がまず蟹の縛めを解く。蟹は必死にもがいており、このまま蒸籠（せいろ）に入れても蓋（ふた）を持ち上げて逃げだしそうだ。どうするのかと見ていたら、お妙はおもむろに千枚通しを手に取り、蟹の腹の真ん中から目にかけて、

「えい！」とひと突きした。

すると急に蟹の脚が内側にきゅっと縮み、大人しくなる。さっきまでの暴れようはなんだったのかと、只次郎は目を疑った。

「ここが、蟹の急所なんですよ。元気なまま蒸したり茹でたりすると、蟹は自分の脚を切ってばらばらにしてしまうので。いったん気絶してもらうんです」

只次郎がじっと見ているのに気づき、お妙がもう二匹の急所を突きながら教えてくれた。それはなかなか、荒っぽい。

「昼間もこうしてたじゃないか。見てなかったのかい？」

お勝に呆れられてもしかたがない。いつもなら見逃さないはずだが、それだけ只次郎は普段とは違っていたのだろう。

「もっとも脚にはほとんど身がありませんから、べつに外れても構わないんですけどね。見た目の問題ですね」

気絶した蟹を、お妙はにこやかに蒸籠の中へ並べてゆく。たしか以前鴨(かも)を捌(さば)いていたときも、笑顔であった。料理人というのは、なかなかに残酷である。

「ほほう、この鹿尾菜(ひじき)も生鹿尾菜ですね。柔らかくって旨いんですよねぇ」

ご隠居はこれから食べる蟹がひどい仕打ちに遭っているのを見るまいと、お勝が運んできた鹿尾菜の白和えに舌鼓を打つ。升川屋は「ああ、もう蟹のにおいがしてきやがった」と、食べることしか考えていない。

お菜をつまみ、酒を舐(な)めつつ待つうちに、流れてくる蟹のにおいはいっそう濃くなる。升川屋でなくともこれは、腹が空(す)く。やがて真っ赤に色づいた蝤蛑が、ひと皿に一杯ずつ盛られて出てきた。

「こりゃあいいねぇ、綺麗だねぇ」

蟹の蒸し上がるにおいに空腹を刺激された升川屋が、待ってましたと手を打ち鳴らす。しかし、蟹はここからが大変である。

「蝤蛑は雄のほうが肉が厚くて食べ応えがありますが、今の季節は雌の内子が美味しいので、そちらをご用意しました」

とお妙が言うように、目の前にある三杯ともすべて雌である。雌は雄より小振りなため、さらに食べづらい。

「まずこの腹側の褌を外してから、片方の脚のつけ根をまとめて持って内側に折ると、ほら、簡単に甲羅と分かれます。反対側の脚も同じようにして、あとはお箸で身をほぐしながら、甲羅に溜まった内子やミソをまぶしつけてお召し上がりください」

お妙が実際にご隠居の蟹を捌いて見せ、只次郎と升川屋もそれに倣う。あとはもう、手が汚れようが、脚に残った身を音立てて吸おうが、口元にミソがつこうがお構いなし。三人とも、一心不乱に蟹を食う。

「うっめぇ。蝤蛑は甘くて香りがいいんだよなぁ」

「内子もねっとりと味わい深くて、これさえあればよけいな味つけはいりませんよ」

「ミソの風味もいいですねぇ。ほんのりとした苦みと甘みが絶妙で、酒が進んじまいます」

蟹を食べるときは黙りになりがちで、それぞれに感想を述べるともう、己の蟹に夢中になってしまう。甘みの強い身は真綿のように柔らかく、一杯と言わず二杯でも三杯でも食べたいくらいだ。少しくらいの憂いなら、忘れ去ってしまえるほどの旨さである。

それでも蝤蛑は、海のものの中では下の部類。人様に出すものではないとされ、こういった居酒屋ならともかく、高い料理屋ではまず出ない。それはきっと、味は上の部類でも、食べかたがどうしたって下品になってしまうせいだろう。

とはいえ蟹は、じゅるじゅると吸いついて食べるのが旨いのだ。

最後に甲羅の上に蟹の蒸し汁と、内子とミソの溶け合ったものが残った。それを直(じか)に口をつけてずずずと啜り、只次郎はぷはぁっと息を吐く。

膝先には、お妙がいつの間にやら置いて行ったらしい手拭き(てふ)がある。そんなことにも気づかぬほど、必死に蟹を食べていたのだ。

「あれ、お妙さんは？」

升川屋も今やっと顔を上げたところで、お妙の姿が見えないときょろきょろしている。すると調理場の床にしゃがんでいたのか、お妙は見世棚(みせだな)の向こうにひょっこりと顔を覗かせた。

「ああ、もう召し上がりましたか」

見ればご隠居はいの一番に食べ終えたらしく、涼しい顔をして手拭きで口元を拭(ぬぐ)っている。まるで蟹に貪りついてなどおりません、とでも言いたげである。

「あれ、蟹を食い終えたのに、まだ香ばしいにおいがしやがる——」

升川屋がにおいの元を探るように、鼻をスンスンと鳴らしながら顔を上下左右に振り向ける。たしかに蒸し蟹のときとは少し違う、醤油の焦げたような香ばしさが混じっている。

「ええ。蝤蛑が余りそうでしたので、殻ごとご飯と炊き込んで、蝤蛑飯を」

「蝤蛑飯ですと！」

殻ごと炊き込むとは、なんと旨そうな響きなのだろう。

冷静を装っていたご隠居が、たちまち目の色を変えて叫んだ。

熱々の土鍋の蓋を、布巾で摑んでそっとずらす。それだけで甘い蟹の香りに満ちた湯気が、ふわりと顔にかかってきた。

男三人が生唾を飲んで向き合っているのが面白いのか、お妙はもったいぶるようにして、ゆっくりと蓋を取る。真ん中から真っ二つに割られた蝤蛑が二杯分、醤油と酒で味を調えた飯の上に載っている。見事なまでに、甲羅が赤く染まっている。

そのままでは食べづらかろうと、お妙が箸で身をほぐしてくれた。その間にお勝が空いた甲羅を七厘で炙り、そこに酒を注ぎ込む。甲羅酒だ。

「んーっ！」

蝤蛑飯の出来上がりを待ちながら飲む甲羅酒は、また格別である。蟹の風味が溶け込んだ酒が、まろやかに喉を通ってゆく。

「甲羅酒はミソを残しといて作るって人もいるけどね、それじゃ生臭くなっちまうんだよ。全部空にして炙ってから、酒を注いだほうが美味しいのさ」

お勝の言う通り、甲羅に残った風味だけで充分だ。齧っても硬くて食べられないくせに、甲羅にはたっぷりと旨みが詰まっている。

「はい、できましたよ」

その甲羅の出汁を存分に吸ったと思われる蝤蛑飯が、茶碗に盛られて膝先に置かれた。身もミソも内子もすべて、ほぐして飯の中に混ぜ込まれている。

「こんなもの、旨いに決まっているじゃありませんか！」

まるで蝤蛑の霊が取り憑いたかのように、手が勝手に箸を取る。そう思って見ると、箸の動きは蟹の鋏めいている。

まずは茶碗を顔に近づけて、香ばしいにおいを存分に吸い込んだ。所々に見えるおこげがまた、食い気をそそる。思いきってひと口頬張ると、口の中で蟹の風味が弾けた。

「うっまい！」

　思わず知らず、声が震える。ご隠居と升川屋も、感動のあまり天を仰いでいる。

「蟹の風味を活かすために、醤油はかなり控えましたね。いやでも、これで充分」

「内子が飯にトロッと絡んで、たまんねぇ！　もしかしてこれ、一番旨い飯の食いかたじゃねぇか？」

　升川屋の言い分も、決して大袈裟ではない。少なくとも、「一番旨い飯の食べかたのひとつ」ではある。蝤蛑の内子が旨い季節には、必ず食べたい味となった。

「では、汁をよそってきますね」

　お妙が空になった土鍋を手に調理場に下がる。静々と運んできたのは、浅蜊と独活の澄まし汁だ。独活の野趣に富んだ爽やかな香りが、鼻孔に残るくどいほどの蟹の風味を洗ってゆく。

「くわぁ、憎い！　こんな汁がありゃ、蝤蛑飯がいくらでも食えちまうじゃねぇか！」

「浅蜊の滋味がまた、しみじみと広がっていきますねぇ」

「これは、汁だけでも酒が飲めてしまいますよ！」

　蟹を剝いている間に黙っていたぶん、ついわあわあと騒いでしまう。この蝤蛑飯は、他の客にも出したほうがいい。きっと春先の名物になる。

「あんたら、飯を食べるだけで本当に楽しそうだねぇ」

もう仕事は終わったとばかりに煙管に刻みを詰めながら、お勝がやれやれと首を振った。

五

食後の番茶を飲みながら、只次郎は膨れた腹を撫でさする。

お妙の料理には、なんだってこうも悩みを吹き飛ばす力があるのだろう。お栄への返事を書きあぐねていたのが、馬鹿のようだ。

可愛い姪っ子に、鶯の出所を探らせるようなことはしない。その判断はきっと、間違っていない。

裏店の自分の部屋に戻ったら、さっそく返事をしたためよう。蛸蜂飯が旨かったなど、とりとめのないことを書いて送ろう。聡いあの子が深読みをしないような、なんてことのない日常を。

「ふぅ、ちょっと休憩」

「さすがに調子に乗っちまった」

ご隠居と升川屋は自力で座るのも苦しいらしく、壁際に並んで寄りかかっている。お勝がそれを見て「だらしないねぇ」と吐き捨て、お妙が「たくさん召し上がりましたものね」と取り成す。いつもの『ぜんや』がここにある。

それでいい。見えない恐怖に怯えるのではなく、日々を大切に生きてゆく。火の粉がいつどこから降りかかってくるか分からないのは、皆同じだ。けれども火事で焼けてしまうことばかり心配して、なにも持たずにいる者はいない。人はいかなるときも、日常を回し続けるのだ。

けれども自分は気を抜くまい。只次郎は、傍らに置いてあった長刀を引き寄せる。

「ん、どうしたんだい、林様。急にそんな物騒なもんを腰に下げて」

腹が満ちて眠いのか、升川屋が目を擦りつつ尋ねてきた。

「いえ、今外で物音がしたようですから、ちょっと見てきます」

「もう暗いぜ」

「どうせまた、白粉包みを見た娘っ子じゃないですか？」

自分たちがしばらく動きたくないものだから、升川屋とご隠居がそう言って引き留める。お妙に心配をかけまいと、只次郎も軽く笑い飛ばした。

「おおかた娘さんか、野良猫でしょうね」

た只次郎は表の板戸の前で皆に背を向けると、表情をすっと引き締めた。
「それなら心配するのももっともだと、手を振って見送られる。にこにこと笑ってい
「二階にはルリオとハリオがいるもんな」
「ああ、猫だったら大変だ」

家がまだ新しくて、建てつけがいいのは助かる。以前の『ぜんや』ならば戸ががたぴし音を立てるから、人が出てくると気づかれてしまったことだろう。

素早く外に出て静かに戸を閉め、只次郎は左右を見回す。『ぜんや』は入り口を出て右側が裏木戸で、左側はほとんど間を空けずに隣家と接している。物音がしたのは、そのわずかな隙間からだった。

只次郎は足音を立てずに、隣家との境目を覗く。大人の男は、おそらく体をななめにしても入れない。だが細身の女なら、どうにか体を入れられる。

隣家との隙間にぼんやりと、白い顔が浮かんでいた。手足を突っ張って壁を登ろうとしていたのか、その位置はやや高いところにある。着物の裾がはだけてやはり白い脛が見えているが、少しもそそらない。相手は女のように華奢な男だった。

「なにをしているんです。下りなさい」

店の中には聞こえないよう、声を落とす。邪魔な長羽織は脱いできたのか、紙問屋の若旦那は着流し一枚の姿だった。

やはり来たか。まさかこんなお粗末なやりかたとは思っていなかったが、非道な振舞いに出るかもしれぬと気にかけていた。この男はお妙を口説きながらも、まるでこの家の絵図を頭に叩き込もうとするかのように、きょろきょろと周りを見回していたのだ。

「下りてこないなら、叩き切りますよ」

あくまでも脅しだが、只次郎は刀の鯉口を切って見せる。この体勢で切り上げられてはひとたまりもないと思ったか、若旦那は手を突っ張るのをやめ、すとんと地面に下りてきた。のっぺりとした白い顔が、恐怖に引き攣っている。

「言いませんでしたか。あの鶯は売り物ではありませんし、盗ませもしませんよ」

若旦那は、只次郎の脇をすり抜けなければ逃げることもできない。だがそんな隙は見せてやらない。朝稽古の賜物か、体のどこに重心を置けば相手の動きを封じられるのかが分かる。相手が達人ではそうもいかないが、若旦那は少しばかり身軽なだけで、体を鍛えたことがないのだろう。

「店が開いている時刻なら、二階に誰もいないと思いましたか？」

只次郎は、声を荒らげぬよう努める。引き攣っていた若旦那の頬が、だんだん小刻みに震えだした。

「すみません。ほんの、出来心で」

両手を合わせ、拝まんばかりに許しを請う。この男は、ただの小者だ。

「次はないと思ってください」

そう言って、只次郎はわざと体の右側に隙を作る。若旦那はそれに目ざとく気づき、「ひぃ」と叫びながら横をすり抜けていった。

只次郎は吐息を落とし、鞘を戻す。あの程度の小者なら追い払うのは簡単だが、修練を積んだ者にこんな脅しは通用しない。

御生母様に鶯を贈った黒幕は、おそらく無数に使える手脚を持っているのだろう。そしていつでもそれらを切り捨てられる。佐々木様がそうであったように、材木問屋の近江屋が切られるのを恐れて口を閉ざしているように。切り離された脚にはもう、さほどの肉は詰まっていない。

しかし行方不明になっているもう一羽の鶯は、いったい誰の手元にあるのか。

それを探して辿っていけば、もしかすると巨悪の胴体にたどり着けるのではないだろうか。

そんなことに思いを巡らせながら、只次郎は『ぜんや』の戸を引く。行灯（あんどん）の灯（とも）る室内は、ぼんやりと暖かい。苦難を乗り越えてたどり着いたこの場所を、二度とお妙から奪わせない。

「どうでしたか、林様」

心配そうに尋ねてくるお妙に、只次郎はなに食わぬ顔で答えた。

「ええ、猫でした」

家移り

一

桜の花の塩漬けを細かく刻み、白子干しと共に土鍋で炊いた飯に混ぜ込む。立ち昇る湯気に桜の香りが溶け込んで、ふわりと鼻先をくすぐった。春めいた優しい香りに、気持ちがほぐれる。

お妙は手に水をつけ、それを握り飯にしていった。火にかけておいた残り物の味噌汁も、温まってきたようである。お菜は長芋の梅肉和えと、ぜんまいと油揚げの煮物、蕪と春牛蒡の糠漬け。膳部を整えてから、階段を上り、内所の様子を覗きにゆく。

「ホー、ホキャッ！」

声をかけてから手前の襖を開けてみると、なんとも調子外れな鳴き声に出迎えられた。まだ喉ができ上がっていないせいか、階下にいると聞こえない。他にも「ホキョキョ」だの「ケキョケキョ」だの、癖の強い声もする。

「ああ、お妙さん。朝餉ですか」

鶯の籠桶に囲まれている林只次郎が、こちらを振り返る。先月に引き続き鶯商いたけなわで、元々飼っている五羽の他に、預かりの鶯が八羽もいる。皆よほど自分の鶯を、ルリオ調にしたいらしい。

「ええ。もう少し後がいいですか？」

「いいえ、大丈夫です。すぐ行きます」

都合十三羽の鶯を一羽ずつ丁寧に世話しているのだから、只次郎は忙しそうだ。体の調子によって、鳴き具合まで変わってくるという。だから餌の配分まで変えている。

預かりの鶯がいる時期に火事に見舞われなかったのは、不幸中の幸いだった。これだけの数の籠桶を持って逃げるとなると、なかなかに骨である。

「ホー、ホケキョ」

ルリオがお手本のように鳴く。ハリオも負けじと張り合った。さすが、格の違いを見せつけてくれる。

その明朗な声は表通りにまで響き、『ぜんや』は道行く人から「鶯居酒屋」と呼ばれている。鳴き声につられてちょっと一杯、という客も増えてきた。

江戸でも随一と評される鶯は、客寄せにも一役買っている。

「桜の花の握り飯とはまた、風流ですねぇ」

床几に座り握り飯を頬張る只次郎が、幸せそうに目を細める。桜の塩抜きをしていないので、ちょうどいい塩気になっているはずだ。

弥生もすでに半ば。桜の花は散りかけており、移りゆく季節を惜しむ気持ちがある。もっとも花の後の新緑も、清々しくてよいものだが。

「皆さんとお花見をしたのが、もう三年前ですか。早いですねぇ」

旦那衆も交えて隅田堤で花見をしたのを思い出し、お妙はしみじみと呟いた。当時はその旦那衆と、共に店をやることになるとは思ってもみなかった。

「花見、行きましょうか。八重桜ならまだこれからでしょう」

「そんな。林様はお忙しいじゃないですか」

只次郎の口約束をあてにはするまい。お妙はふふふと微笑み返す。只次郎はこのところ、『ぜんや』にいないことが多い。

鶯の鳴きつけも前までは依頼がきたのを受けるだけだったが、近ごろは「待っているだけじゃいけませんね」と鶯を飼っている家に自分から出張るようになった。それだけでなく三河屋や三文字屋のために考えた案が受けて、他の商家からも相談がきているらしい。

その一方で、店の二階を使った鶯指南はしばらく休止となっている。理由を聞いても只次郎は、はぐらかすばかりである。

数年前なら言葉を濁す只次郎に、水臭いじゃないですかと詰め寄ることもできただろう。でも今は、なぜかできない。大人の男には一から十まで、洗いざらい話せない事情もある。不用意に踏み込んではいけないと、躊躇してしまう。

「宴会は無理かもしれませんが、そぞろ歩くくらいは。寛永寺なら近いですし」

只次郎は、なおも誘いかけてくる。上野山ならたしかに四半刻（三十分）とかからない。店を開ける前に、ちょっと行って帰ってこられる。

それは二人でということだろうか。返答に困っていると、ありがたいことに二階から、「ホキャッ！」と調子外れの声が聞こえてきた。

「おや、声が大きくなってきましたね」

天井を見上げ、只次郎が頰を掻く。「うるさくてすみません」と詫びてくる。

「とんでもない。可愛らしいですよ」

それに、お妙の窮地も救ってくれる。二人きりだと気まずい沈黙も、鶯の声があればうまく紛れる。

「でもこれからどんどん鳴くようになりますので、邪魔になりますよ。ですから、場所を移ることを考えています」

「えっ」

「大家さんにもそれがいいと勧められていますので、裏店(うらだな)も引き払ってしまおうかと」

いつの間に、大家にまで話をつけていたのだろう。二人きりは気まずいとさっき思ったばかりなのに、お妙は狼狽(うろた)える。

「べつに、邪魔ではありませんよ。去年も内所で預かっていましたし」

どちらにせよ鳥なので、夜は鳴かない。安眠を妨げられるようなことはなく、朝は美声に起こされるので、むしろ気持ちいいくらいだ。

しかし只次郎は、首を振る。

「今年はまだ、預かりの数が増えそうなんです。それに、鶯指南もまたはじめたいので」

「それでしたら、うちの二階で――」

「何度かやってみて思ったんですが、私やっぱり、お妙さんの部屋によその男を入れたくないんですよね」

思いがけず鶯指南を休止していたわけを聞き、お妙は目を瞬(しばた)く。

「そんな理由で?」

「すみませんね、小さい男で」

どこか余裕のある面持ちで、只次郎は肩をすくめる。きっと、主眼はそこではないのだろう。自分を小さく見せようとする癖は前からあるが、だんだんそうは見えなくなってきた。

「そろそろ、奉公人を一人くらい雇いたいというのもあります。目星はつけてあるんですよ」

「そうですか」

いつまでも裏店でくすぶっているような男ではないと思っていたが、いざ出て行くと言われると面食らう。まさかこれほど唐突に、決断してしまうとは。

「近所なので、これからもしょっちゅう通ってきますよ。『ぜんや』の算盤（そろばん）を預かる身ですから」

ということはもう、次の家まで決めてあるのだ。「考えている」と切り出しておきながら、根回しは済んでいるのではないか。それでもお妙は、やっぱり「水臭い」と責める気になれない。

「頑張ってください」

只次郎は、お妙に相談しなければなにもできない子供ではないのだ。一人で決めてしまったのなら、背中を押してやるしかない。寂しいと感じるのは、ただの身勝手。只次郎のさらなる成長を、祝ってやらねばならぬと思う。

「ええ。看板でも出しましょうかね。屋号はなんにしましょう」

目的があって去ってゆく者に、残される者の感傷は伝わらない。只次郎はむしろ、わくわくしている。近所だと言っているのだから、こんなことで傷ついているお妙のほうがおかしいのかもしれない。

しばらくすれば、こうして朝餉を共にすることもなくなるのだ。箸の動きが鈍ってしまったお妙とは裏腹に、只次郎はどんどんお菜を片づけてゆく。蕪の漬物を口にして、「ん」と軽く眉を寄せた。

「やっぱり、まだ味がおかしいですか」

お妙もまた、自分の蕪を食べてみる。旨みが薄く、酸っぱさが勝っている。食べられないほどではないが、美味しくもない。

「なかなか難しいですね」

神田花房町代地に移り、鍋釜包丁などの道具類は難なく揃えることができたが、どうしても取り戻せないものがある。それは長年育ててきた、糠床だ。

糠床だけでなく梅干しや、旬の秋のうちにたっぷり作っておく胡麻ダレなども、すべて燃えてしまった。長芋を和えてある梅干しは、よそで買い求めてきたものだ。自分で作るより塩が強く、いつもの調子で使うと失敗するという不便があった。

それでも梅干しや胡麻ダレは、季節になればまた作ればいい。しかし糠床だけは、やり直したところで元通りにならないから悩ましい。

以前の『ぜんや』で使っていた糠床は、亡き良人(おっと)善助のころから継ぎ足しながら育ててきたものである。お妙が引き継いだときにはすでに味は絶妙で、たまに昆布や椎(しい)茸(たけ)、唐辛子(とうがらし)などを入れてやるだけでよかった。

一から作り直すとすれば、いったいなにが足りないのか。

新しくなった『ぜんや』の滑り出しは表向き快調だが、屋台骨はちぐはぐだ。糠床の味の決まらなさが己の心情と合致しており、お妙は小さく吐息を洩(も)らした。

二

おえんの背に身を預け、おかやがすやすやと眠っている。

顔つきがだんだん、おえんに似てきた。睫毛(まつげ)が濃く、滑らかな頬は真ん丸で、寝顔を見ていると世の憂いを忘れそうになる。

「近ごろは、夜も寝てくれるようになって助かるよ」

おかやの夜泣きに疲れてげっそりしていたのが嘘のように、番茶を啜るおえんの頬も艶々している。元々がもち肌だから、大福のようである。美味しそうなのはいいが、せっかく減らした目方が戻りつつあるようだ。

乳を出さなきゃいけないからと、もっともらしいことを言って食べすぎているのだ。只次郎が仕事に出かけてから、「いいにおいがするねぇ」と勝手口に顔を覗かせた。開店前の仕込みの湯気に、誘われて来たようだ。

「まだ昼四つ（午前十時）ですよ」と、ひとまず番茶を出しておいた。水気で空腹をごまかそうというのか、今飲んでいるのが二杯目である。

「しかし、暑いね。かやをおんぶしてるとさ、背中に汗が溜まるんだよ。三月でこれじゃ、真夏は蒸され死ぬんじゃないかねぇ」

番茶が熱いせいもあろうが、おえんの鼻の下にはぷつぷつと汗が浮かんでいる。春とはいえ朝晩はまだ肌寒いし、天気が悪い日は昼でも寒い。おえんはそうとうな暑がりである。

「私は冷えやすいので、むしろ羨ましいですけどね」

今も首元がうっすらと寒い。暑いならしばらくおかやを負ぶわせてほしいくらいである。

「ならお妙ちゃんも、子を作ればいいじゃないか」

「どうしてそうなるんですか」

お妙は火にかけていない大鍋の蓋(ふた)を取り、中を見る。朝一番に仕入れた蛤(はまぐり)の、砂抜きをしているところである。塩水の中で蛤はうんと管を伸ばし、順調に砂を吐いている。

「お妙ちゃんが子を産めば、かやにも友達ができるもの」

「無理ですよ。私もう、三十ですよ」

「平気平気、まだ産めるって。お侍さんにお願いすれば、嫌な顔はしないだろ」

それこそなにを言っているのか。

文句をつけようとしたものの、その前に蛤がピュッと潮を吹いたので、お妙は「きゃっ！」と飛び上がった。

「あははは。夫婦和合の蛤も、そうしろってさ」

その様子に、おえんが腹を抱えて笑いだす。蛤の殻は対になったものしかぴったりと合わさらないことから、夫婦和合の縁起物とされている。

「言ってませんよ、そんなこと」

お妙は唇を尖らせ、鍋の蓋を閉めた。けしからぬ蛤である。

「ところでさ、お茶請け出してくれない？　漬物くらいならいいだろ」

番茶ばかり飲んでいて、舌が物足りなくなってきたらしい。まったく、おえんは図々しい。

「それが、糠床がいまひとつなんですよ」

糠床は、見世棚の下に仕舞ってある。お妙は腰を丸め、常滑焼の壺を引きずり出した。

蓋を開けると、つんと酸っぱいにおいがする。悪くなっているわけではないが、あまりいい状態とも言えない。

お妙は糠床にずぶりと右手を突っ込んだ。このひんやりとした柔らかな手触りが、嫌いではない。中をまさぐり、漬けておいた蕪を取り出す。

周りに付着する糠を取り除き、切って皿に盛りつける。爪楊枝を添えて、おえんの膝元に置いてやった。

「ほんとだ、ちょっと酸っぱいね」

なんでも喜んで食べてくれる、おえんの口にも合わなかったようだ。口元にきゅっと皺を寄せ、首を傾げる。

「なにがいけないんでしょう」

お妙は困り果て、壺の前にしゃがみ込む。

糠漬けが酸っぱいときは、置いてある場所が暑すぎるか、かき混ぜが足りていないか、塩気が足りない、もしくは水気が多すぎるかのどれかだ。しかしこの季節ならそこまで暑くはならないし、毎日朝と晩にかき混ぜている。糠を舐めてみたところ、塩気も充分だ。

水気はたしかに多かったから、数日前に昆布と干し椎茸を入れておいた。どちらも旨みを出し、余分な水気を吸ってくれる優れものだ。

前の糠床ならそれで持ち直してくれたのに、今はなにが足りないのか分からない。あるいはなにかが過剰なのだろうか。

「あっ！」

おえんが短く声を上げる。答えが分かったのかと期待して顔を上げたが、その目は出入り口のほうを向いていた。

風を通したくて、板戸はうっすらと開けてある。おえんはそちらを指差して、「ああ、行っちゃった」と嘆く。

「なんですか？」

「いや、今ね、そこから若い娘さんの顔が覗いてたんだよ」

またか。三文字屋の白粉包みが好評なのは喜ばしいことだが、見世物にされるのはいただけない。覗き見をする娘たちには、只次郎がそれとなく注意を促してくれたようだ。それでもまだ、幾人かはお妙を見にくる。

「美人が糠味噌かき混ぜてるのを見たら、熱が冷めるかもと思ったんだけどねぇ」

おえんはそう言ってけらけらと笑う。本当に、それで冷めてくれるならどれほどいいか。

三文字屋は、これから夏の白粉包みを作るそうだ。勝川春朗からもまた描かせてほしいと言ってきたが、丁重にお断りした。下絵ならもうずいぶん描いたはずだ。夏の絵は、その中から選んでくれればいい。

「急に大きな声を出すから、糠床の救済策でも思いついたのかと」

「アタシに分かるわけないだろ、そんなもん。糠床なんて、黴びさせる気しかしないよ」

糠床は、世話を怠るとすぐに黴が生えてくる。大雑把なおえんに糠床の世話は、たしかに難しそうだった。

糠床に手を入れて、下から大きくかき混ぜる。壺の中の天地を入れ替えるように、しっかり混ぜるのが肝要だ。

「糠床は生きてるっていうけどさ、本当にそうやって、息をさせてやんなきゃ駄目なんだね。昆布も食べさせてやってるしさ」

興味を引かれたらしく、おえんが手元を覗き込んでくる。ちょうど、昆布を追加で入れたところだ。

そういえば知らず知らずのうちに、糠床を「育てる」という言いかたをしている。愛着を持って世話をしている証拠である。

「たしかに、食べさせているのかもしれませんね。唐辛子なんかも入れますが」

「うへぇ、それで漬物が辛くなっちまわないのかい？」

「ならないんですよ」

量を入れれば辛くなるのかもしれないが、二、三本なら問題はない。せいぜい漬物の味が引き締まるくらいだ。糠床に虫が湧きづらくもなる。

「いったい、なにが食べたいんでしょうねぇ」

人間のように、問えば答えてくれるならいいのだが。もの言わぬ相手では、観察がすべてである。

「誰か漬物のうまい人に聞くか、糠床を分けてもらえばいいんじゃない？」

「それも考えたんですが――」

ぱっと思いつく人がいなかった。お勝が糠床を混ぜているところなど見たこともないし、大家のおかみさんだって、亭主の代わりに仕事が忙しそうだ。裏店でもっとも年長なのはお銀だが、あの婆さんに至っては煮炊きもしない。

「たしかにいないね」

おえんが愉快そうに声を上げて笑う。知り合いの中に、誰か一人くらいは名人がいてもよさそうなものを。残念なことこの上ない。

「でもこれはこれで、酸っぱいのが好きな人ならいいんじゃない？」

あれこれ言いつつも、おえんは皿の上の漬物をすっかり腹に収めている。もはや食べられるものならなんでもいいのか。

しかしお妙自身、酸っぱいものがそれほど得意なわけではない。どうせ作るなら、できるだけ多くの人に「美味しい」と感じてもらいたいのだ。

「あっ！」

糠床を前に悩んでいると、おえんがまた戸口に向かって声を上げた。

懲りない娘さんたちだ。お妙もやれやれと振り返る。ちょうど店の前に、駕籠が止まったところだった。

しかも辻駕籠でよく見る四つ手駕籠ではない。板張りの箱型で、屋根や窓枠は木目の美しい春慶塗。担ぎ手もそのへんにいる駕籠舁きより上品である。

なぜそんなところに止まるのだろうかと見ていると、駕籠につき従ってきたらしい男が板戸の隙間を広げて中を覗いた。

「あら」

見覚えのある顔だった。団子のような丸い鼻の男は、林家の下男である。

右手が糠まみれなので迷ったが、しゃがんだままでいるのも失礼と思い立ち上がる。

「おいでなさいまし。生憎、林様は出かけておられるのですが」

「はぁ。まぁ、それはそれで」

下男は首を前に突き出すようにして、取り繕うように笑う。煮えきらない返事だと首を捻っていると、その背後にすっと人影が立った。

「亀吉、もうよい。下がりなさい」

若くはないが、凛とした女の声だ。下男より小柄なので、姿は見えない。だがお妙はその声を知っている。

下男が「はぁ」と腰を低くして下がった。銀鼠色の裾模様の着物に、髪型は武家風の丸髷。柔和な顔つきは、息子によく似ている。

「御母堂様」

お妙はぽかんと口を開ける。間違ってもここは、旗本の大奥様が来るような店ではない。

「ご無沙汰しております。息災なようで、なによりです」

しかし只次郎の母親は、厳格な頰に親しみの色を滲ませた。

三

糠味噌まみれの手を慌てて洗い、お妙は丁寧に煎茶を淹れる。小上がりに目を遣れば、御母堂様がぴんと背筋を伸ばして座っている。

只次郎に会いにきたのだろうか。だが生憎、戻りの刻限も分からない。あと半刻（一時間）もすれば昼餉の客が来てしまうだろうから、只次郎を待つつもりなら、二階に上がってもらったほうがいいのだろうか。

武家の奥方がいるとさすがに気詰まりなのか、おえんは「また後でね」と席を外した。もうすぐ給仕のお勝が来るはずだが、外に控えている下男が止めてくれるだろうか。

漬物の味がいまひとつのため、お茶請けとして筍（たけのこ）と蒟蒻（こんにゃく）のきんぴらを少量盛って出す。御母堂様は、「ありがとう」と優雅に頭（こうべ）を垂れた。

「よい店ですね。鶯の声がしたので、すぐ分かりましたよ」

「恐れ入ります」

「お元気になられたようで、本当によかった」

「その節は、まことにありがとうございました。お世話になっておきながら、お礼もろくにできないままで」

「いいのですよ。お手紙を頂戴（ちょうだい）しましたから」

お妙はすっかり恐縮し、肩を窄（すぼ）める。昨年十月の火事で焼け出されたとき、只次郎に連れられてひと晩林家の世話になった。

といっても、お妙は朧気（おぼろげ）にしか覚えていない。御母堂様に労（いた）われ、体を拭（ふ）いてどうにか眠りに落ちた後は、常に頭が朦朧（もうろう）としていた。ゆえにすっかり恩を忘れ、流されるがままに升川屋の離れに落ち着いてしまった。

正気に戻ってから礼状をしたためはしたものの、申し訳ないことである。気軽に訪ねて行ける家でもなく、それっきりになっていた。

まさかあちらから、会いにきてくださるとは。

「ああ、美味しい。お妙さんの作るものは、優しい味がいたしますね」

御母堂様が筍をつまみ、目を細める。甘辛い味つけは、酒だけでなくお茶にも合うようだ。

「孫が奉公に上がってしまったから、今年は上巳の祝いができませんでした。お妙さんの手鞠寿司を、ひそかに楽しみにしていたのですが」

三月三日の桃の節句には、今年も持ち帰り用の手鞠寿司の注文を受けつけた。「あれがないと孫娘がうるさいんですよ」と菱屋のご隠居が零すほど、お蔭様で人気が出ている。

林家でもお栄のためにと、只次郎が買っていた。だがそのお栄は今、大奥に身を置いている。

「なにか、お作りしましょうか」

御母堂様の表情が本当に残念そうに見えて、つい申し出てしまった。白い頬が綻びる。只次郎と同じように、実は食べるのが好きなのだろう。

「天神様のお詣りのついでに寄りましたので、長居をするつもりはございませぬ。でもよろしければ、簡単なものを」

武家の女が居酒屋でものを食べるなど、この先はあり得ぬことだろう。

「かしこまりました」と、お妙は恭しく腰を折った。

小上がりに七厘を運び込み、小振りの土鍋を火にかける。あとはただ、ぐつぐつと煮立ってくるのを待つだけだ。煮すぎてもいけないので、頃合いを見て蓋を取る。

「ああ」

磯の香りのする湯気がふわりと立ち昇り、御母堂様の鼻先をくすぐる。鍋の中身は蛤である。

他に具はない。口を開けた蛤だけが七、八枚、煮立った湯の中で揺れている。

「蛤鍋です。潮仕立てにしてみました」

潮仕立てとは鰹出汁などを使わずに、具となる魚介の出汁のみで仕立てた吸い物をいう。

蛤の出汁は旨みが強いため、塩や醬油すら入れていない。ほんの少しだけ、風味づけに酒を落としただけである。はじめは透明だったはずの湯が、蛤の出汁で白く濁っている。

ほとんど手のかからない、簡単すぎる料理だ。それでも新鮮な蛤は、こうして食べるのがとにかく旨い。

片口碗に、蛤と汁を取り分ける。「どうぞ」と折敷の上に置くと、御母堂様はさっそく手に取り、湯気を目一杯吸い込んだ。それから碗に口をつけ、汁をそっと啜る。

「ああ、なんといい香りなのでしょう。旨みがすべて出汁に溶け込んで、口の中で広がってゆきますね」

さすがは親子、いかにも只次郎が言いそうなことを言う。蛤の身も箸でつまみ、口に入れると、「ふふっ」と目元に皺を寄せた。

「柔らかい。これって、煮すぎると硬くなってしまうのですよね」

幸せそうに食べるところも、やはり似ている。聞くところによると武家は、食事中に雑談などしないそうだ。せっかくの食事なのにただ黙々と食べ続けるのは、なんとも味気ないように思える。

「蛤を召し上がったら残った汁に、薄切りの大根と芹を入れて煮立てても美味ですが」

「まぁ、なんということでしょう!」

御母堂様の目が輝いた。蛤の旨みが存分に滲み出た汁だ。なにをしたって美味しいに決まっている。

「ご用意いたしますね」

まるで女性になった只次郎と話をしているかのようで、強張っていた肩がほぐれてくる。美味しいものの前では身分など、気にするほうがおかしいのかもしれない。

薄い短冊に切った大根と芹を、さっと煮立てる。香りづけに、ほんの気持ち程度に醤油を垂らした。「お好みで」と七味を添えたが、御母堂様はまずはなにもかけずにそのまま食べた。

「体中に染み渡るようですね」

出汁を吸った大根と、芹の爽やかな歯応え。誰にでも作れる素朴な味だが、しみじみと旨いはずだ。

「七味を入れても、これはこれで。ぴりりと引き締まるのがよいですね」

途中で味を変えつつ、御母堂様は鍋の中の汁まで残さず飲んだ。白い頬に、ほんのりと赤みが差している。

「体も温まりました。ありがとうございます」

そういえば御母堂様は、季節の変わり目に調子を崩しやすいという。もしかすると、体が気虚に傾いているのかもしれない。

気虚は体が冷えやすく、疲れやすい。その上に次男坊が家を飛び出し、裏店に身を寄せているのだから、心労も多かろう。先ほど長居はしないと言っていたが、やはり只次郎の顔を見たくて来たのではあるまいか。

「林様には、会って行かれないのですか？」

尋ねると、御母堂様は唇を窄めるようにして微笑んだ。

「あの子は、息災ですか」

逆に問い返されて、お妙は「はい」と頷く。

「鶯の季節ですから、毎日忙しそうになさっています」

「そう」

只次郎の消息を聞くと、御母堂様はふうとため息をついた。睫毛の影が頰に落ちる。目を瞑り、二階から響いてくるルリオとハリオの声に耳を傾けた。

「あの子が鶯を拾って育てはじめたときはまだ、こんなことになるとは夢にも思っておりませんでした」

まだうまくは歌えない鶯の声まで聞こえてきて、御母堂様はふっと口元を弛める。

「嫡男ではなくとも出来のいい子でしたから、然るべきところに養子に行くものと。まったくあの子は、なにを考えているのやら」

期待通りには育たなくとも、御母堂様にとっては可愛い息子。うっすらと開いた目には、慈愛の色が揺れている。その目がゆらりとこちらを見上げた。

「お妙さんどうか、あの子のことをお頼みします。あなたのようなしっかりした方が傍にいるなら、少しは安心ですから」

「いいえ、そんな。私は――」

そんな縋るような目で見られても、困る。裏店の住人の中には誤解している者もいるようだが、只次郎とはなんでもないのだ。ただ内所を貸し、食事を共にしているだけ。その程度の係り合いも、もうすぐなくなってしまうというのに。

「只次郎の片恋なのは、見ていれば分かります。いつか夢から覚めるでしょうが、それまでは」

御母堂様の物言いに、胸がずくんと痛んだ。

只次郎はまだ若い。その心がどのように変わったところで、お妙には責める理由もない。自分でも分かっていたことだが、あらためて念を押されたような気がした。

「良人ももう諦めておりますし、家の名を穢さぬかぎりは、好きにすればよいと思っております。ただし、嫡子の身になにが起こるかは分からぬもの。その際には、家に戻らねばならぬ子です」

この場合の嫡子というのは、只次郎の甥の乙松のことか。まだ幼い子だ。流行病で呆気なく亡くなってしまうことだって、大いにあり得る。

「くれぐれも、お頼み申し上げます」

御母堂様は居住まいを正し、恭しく畳に手をついた。

「おやめください」と、お妙は首を振る。「よく、分かっておりますから」

外出などめったにしない武家の女が、わざわざ出張ってきたわけも分かった。只次郎に会いにきたのではない。御母堂様は、お妙に釘を刺しにきたのだ。よもや夫婦になろうとは思っておりますまいなと、自らの目で見定めるために。

只次郎とお妙が男と女の間柄であろうとなかろうと、その一線さえ越えなければ大目に見よう。「お頼み申します」というのは、そういうことなのだろう。

美味しいものの前では身分などないのではないかと、思ったのはまやかしだ。武家にとっては、お家が大事。家を出て好き勝手をしているように見えても、只次郎は林家のものだった。

「ありがとうございます」

御母堂様は、にこやかに顔を上げた。もはや憂いは晴れたと言わんばかり。「お代はこれに」と、折敷の隅に銭を置いた。少しばかり多かったが、もらっておくことにした。

「そうそう、お妙さん。この蛤の殻なのですが」

思い出したように、お碗に残った蛤の殻を指し示す。もうなにを言われても驚くまいと、お妙は気を引き締めた。

「よく洗って粉々に砕いて、糠床に混ぜ込むと美味しくなりますよ」

糠床がいまひとつ美味しくならないという、おえんとの会話を聞いていたのか。だがなぜそんなことを、武家の奥方が知っているのだろう。

「今は只次郎の稼ぎのお蔭で楽をしておりますが、昔はわたくしも台所に立っておりましたゆえに」

家計を切り盛りする身として、それなりの苦労もあったのだ。御母堂様が町方の女なら、ぜひにと糠床の指南を仰いだであろうに。身分の壁が間に立ち、親しく声をかけることもできない。

衣擦れ(きぬず)の音を響かせて、土間に降りる御母堂様をただ見守る。つき従って表に出ると、駕籠の傍らに座り込んでいた下男が弾(はじ)かれたように立ち上がった。

店の外壁にもたれ、お勝が仏頂面で腕を組んでいる。やはり中には入らぬようにと、止められていたのだろう。

御母堂様を乗せて去ってゆく駕籠に向かって、頭を下げる。ここから林家の拝領屋敷がある仲御徒町までは近い。湯島天神だって、すぐそこだ。それでも移動に駕籠を仕立てなければならないのが、武家の女というものだ。

駕籠がすっかり見えなくなってしまってから、気配を殺していたお勝が動いた。林家の下男の顔は知っているから、来客の正体にはもう見当がついているのだろう。

「で、なんだったんだい？」と、不審げに顔をしかめた。

四

蛤の殻をよく洗って乾かし、砕いてさらに、擂鉢で擂る。殻が硬いので根気のいる作業だったが、店が終わって一人になった後でも無心になれるのがよかった。

畑に貝殻を撒くと土がよくなることは知っているが、糠床も同じなのだろうか。夫婦和合の証である蛤の殻を粉々に砕けという助言に、含むものを感じてしまう。さすがにそれは、穿ちすぎか。

御母堂様は、そこまで意地悪な人ではない。火事で焼け出されたときには、細やかに世話を焼いてくれた。お妙のことが決して嫌いなわけではないし、恨みに思っていることもない。ただたんに、身の程を知ってほしいというだけだ。

だからお妙は、蛤の殻を見事に粉にした。大変だったが、なにかを成し遂げたという気分になった。

それを糠床に加え、よく混ぜる。殻の粒が細かいから、糠に紛れてだんだん分からなくなってゆく。すっかり馴染んでしまってから、蕪を漬け込んだ。

これでも美味しくならなかったら、次の手を考えなければいけない。

しかしそれから三日ほどで、糠床は見違えるほどに生まれ変わった。


「うん、旨い！」

只次郎が蕪の漬物に舌鼓を打つ。

今日の朝餉は、残り物の小鯛を煎って田麩にしたものと、叩き牛蒡の胡麻酢和え、それから糠漬けの盛り合わせ。糠床がよくなってきたので、蕪と人参、小松菜、長芋を漬けておいた。それを取り出して切ったのである。

「酸味と旨みの調和が取れて、驚くほど美味しいです」

いまひとつだった糠漬けの味を知っているだけに、只次郎は大袈裟なくらい褒めてくれる。糠床を変えたならともかく、同じものなのだから、お妙だって驚いた。食べるものを変えただけで調子がよくなるのは、糠も人も同じなのだ。

「まさか、母上の助言がこんなに効くとは」

只次郎が感心したように、人参をぽりぽりと齧っている。どうせおえんあたりが黙っていないだろうから、御母堂様が『ぜんや』を訪れたことは伝えておいた。ただし、参詣のついでに只次郎の顔を見に寄ったということにしてある。

生憎留守だったので、蛤鍋を食べて帰った。その際に、糠床の秘訣を教わった。お勝にも、そういうふうに説明した。

他に、どう言えばいいのだ。お妙の立場からありのままを語れば、どうしても御母堂様を悪者にしてしまう。御母堂様にだって考えがあってのことなのだから、なるべくならばそれは避けたい。只次郎が自分の母に、腹を立てるところも見たくはなかった。

「子供のころは貧乏で女中もろくに雇えないときがあったので、母上が料理をしたり野菜を育てたりしていましたよ。たしかに糠漬けは、美味しかった覚えがあります」

下手なことを言えば、懐かしげに母を思い出す、この表情も見られなかった。

「私が鶯商いに手を染めたのは、そんな母上の姿が間近にあったせいかもしれませんね。大身旗本の家に生まれていたら、商売をしようなんて考えもしなかったんじゃないでしょうか」

優しい子だ。母親に楽をさせてやりたくて、これからの時代は商売だと頭を切り替えたのだ。小禄の武士は、先祖代々の禄だけでは日々の暮らしもままならない。

「そんなことを言っても、こうして家を出てしまったわけですから、親不孝には違いありませんね」

只次郎は照れたように笑っているが、御母堂様の口振りからすると、今も実家に金を入れている。おかげで林家はずいぶん助かってもいよう。だからこそ御母堂様は、無理に只次郎を連れ戻そうとはしないのだ。

「うん、長芋も旨い。このシャキシャキ、トロトロなところに、糠の風味が合いますね」

糠漬けのせいで米が進んでしまい、「お代わりいいですか？」と聞いてくる。お妙は「もちろんです」と、空になった茶碗を受け取った。

「林様は、今日もどちらかにお出かけですか」

飯を注いだ茶碗を折敷に載せ、尋ねてみる。只次郎はさっそく鯛の田麩をかけて掻き込み、「いいえ」と首を振る。

「今日は特に。どうしてですか？」

「お蔭様で糠漬けがうまく漬かったので、ついでがあれば御母堂様に持って行っていただこうかと思ったんですが」

「そういうことなら、ちょっと行ってきますよ。近いんですから」

「ではお礼状もしたためますので、それも一緒に」

「義理堅いなぁ、お妙さんは」

そうだろうか。心の底からありがたいと、思っているわけではないのだが。

「ただね、朝のうちに奉公人が来ることになっているんですよ」

「えっ」

「そろそろ雇いたいと言っていたでしょう。その手筈が整いましてね」

「そうだったんですか」

初耳だった。只次郎は一人でどんどん考えて、物事を進めていってしまう。

「無事に次の家を借りられたので、荷物を運ぶ手伝いをしてもらおうかと。せいぜい布団と文机と、着替えくらいしかないんですけどね」

それも今、はじめて聞いた。ならば今日中に、裏店を引き払って家移りしてしまうのか。そんな大事なことは、さすがに前もって言っておいてほしかった。

「そう、ですか」

呆然としてしまい、どこの町に移るのかと聞く余裕もない。できることなら門出を祝ってやりたいが、あまりにも唐突すぎた。

「あの子のことをお頼みします」と言った、御母堂様の縋るような目を思い出す。

そんなに必死にならなくても、ご心配はいりませんよと言ってあげたい。近ごろ只次郎の成長は凄まじく、お妙のことなど簡単に置いて行ってしまう。もうすでに夢から覚めて、次の目標に向けて歩きだしているのではないかと思う。

私より大事なものはないと、言ったくせに。

火から逃げようとしていたとき、只次郎は真剣な眼差しでそう訴えた。その気持ちに応えるつもりはなかったのだから、恨みに思うのは理不尽だ。頭では分かっているのに、心がどうしてもそっぽを向く。

いけない。これ以上喋ったら、なにかおかしなことを口走ってしまいそう。みっともない八つ当たりは、したくなかった。不用意な言葉がこぼれ落ちてしまわぬよう、口いっぱいに飯を頬張った。もはや、味が分からない。

「食べっぷりがいいですね。お腹が空いていたんですか？」

誰のせいでと腹が立ち、詰め込みすぎた飯に噎せる。口の中のものが邪魔で、まともに咳もできない。

「おっと、いけない。お茶、お茶」

只次郎が土瓶に入っていた番茶を注いで、渡してくれた。それを啜り、どうにか人心地がつく。飯をすべて飲み下し、目尻に浮いた涙を払う。

「大丈夫ですか？」と顔を覗き込んでくる只次郎を、まともに見られない。恥ずかしくて、どうにかなってしまいそうだ。

「飯が一粒、頬に」

「自分で取ります」

伸びてくる只次郎の手を避けて、床几から立ち上がる。その拍子に、表の板戸が開いていることに気がついた。お妙が飯に噎せている間に、音もなく開いたらしい。建てつけがよすぎるのも考えものだ。

「オイラはいったい、なにを見せられてんだろな」

げんなりとした顔で、そこに立っていたのは熊吉だった。また背が伸びて、俵屋のお仕着せがつんつるてんになっている。

「まぁ、小熊ちゃん。どうしたの？」

気まずさを紛らわすために、つい声が大きくなった。俵屋の使いで来たのだろうか。もしや、俵屋になにかあったとか。

「ああ、熊吉。早かったね」

胸をざわつかせたお妙とは裏腹に、只次郎は呑気に手など振っている。熊吉は、ぶすりとしたまま応えない。

「おや。今日からうちの奉公人なのに、そんな態度でいいのかい？」

お妙はぎょっとして目を見開く。それもまた、聞いていない。雇うと言っていた奉公人とは、熊吉のことなのか。

「誰が、どこの奉公人だ！」

だが熊吉は怒りに顔を染めながら、只次郎の言をはっきりと打ち消した。

「オイラはあくまで、俵屋の奉公人。兄ちゃんはオイラを借りてるだけ。そこんとこ、分かった？」

状況が摑めずぼんやりしているお妙の前で、熊吉が只次郎に指を突きつけ、念を押す。知らぬ間に、只次郎と俵屋の間になにかしらの取り決めがあったことは分かった。

「だけど、うちにいる間の給金は私から出るわけだからね。そこのところ、よく頭に入れといてほしいんだけど」

「ああ、うるせぇ。だから嫌なんだよ、この兄ちゃんは」

「兄ちゃんじゃないだろう。旦那様だろう？」

「いや、呼ばねぇよ！」

やり取りを聞いているうちに、摑めてきた。熊吉は俵屋に身を置きつつも、只次郎の手伝いをすることになったのだろう。「なんの因果で」と、熊吉が首の後ろを搔く。

聞けば俵屋からは、見聞を広めてくるようにと送り出されたらしい。只次郎の元には様々な商家から相談が寄せられつつあり、勉強してきなさいと言い渡されたそうだ。

俵屋は熊吉に、いずれ店の一つや二つは任せたいと思っているのかもしれない。

「じゃあさっそくだけど、二階の籠桶から運んでくれるかな」

只次郎は朝餉を終え、箸を綺麗(きれい)に揃え置く。そして腕まくりをしながら立ち上がった。熊吉だけに、鶯の籠桶を任せるつもりはないようだ。

「次の家は、もう入れるのかよ」

「ああ、問題ない。どんどん運んでしまっておくれ」

熊吉は、只次郎の次の家を知っているのか。いったいどこに移るつもりだ。

どうしても気になって、食器の片づけもそこそこに、お妙も二人の後に続いて階段を上がる。ついてくる足音が多いのに驚いて、只次郎が振り返った。

「お妙さんも手伝ってくださるんですか？」

「ええ。だって、籠桶はたくさんありますから」

「ありがとうございます。一つずつ運びたいので、助かります」

火事から逃げるときはいくつか纏めて風呂敷に包んでしまったが、さすがに乱暴だったようだ。只次郎はルリオ、熊吉はハリオ、お妙はメノウの籠桶を持って行くことになった。

「ヒビキはどうだい。よく鳴いているかい?」

表に出て、只次郎が熊吉に問いかける。ヒビキは熊吉が譲り受けたルリオの子で、ハリオの兄弟である。

「うん。店先で鳴いてるだけで客が寄ってくるから、どの奉公人よりも出来がいいよ」

「それはよかった。あ、お妙さん。すぐそこなので、戸締りの心配はしなくてもいいですよ」

板戸を閉めて、このまま留守にして平気だろうかと危ぶんでいたところだった。

「すぐそこ?」とお妙が首を傾げるうちに、只次郎は裏木戸を挟んで隣に建つ表店へと歩いてゆく。そしてその戸を、当たり前のように開けた。

「えええっ!」

お妙の叫声に驚いて、メノウが籠桶の中で飛び回る。その家は同じ大家の差配で、店子がまだ決まっていなかった。

「お隣じゃないですか！」

大家にも勧められたと言っていたのは、そういうことか。ようやく合点がいった。

「なんて、紛らわしい」

肩が小刻みに震える。笑いたいのか怒りたいのか、よく分からない。だが腹の底から、安堵のため息が洩れた。

「すみません、びっくりさせたくて。驚きました？」

ここ数日の不安を返してほしいくらいだが、只次郎ときたら悪びれもせずに笑っている。お妙は「もう！」と眉間に皺を寄せた。

「私を驚かせて、なにが楽しいんですか！」

「いえね、少しでも寂しがってくれたらいいなと思いまして」

なんて意地の悪い。ほっとしたせいで、涙腺まで弛んでしまう。涙をこらえようとして、お妙は只次郎をきつく睨んだ。

「オイラは本当に、なにを見せられてんだろなぁ」

熊吉が首を振りながら、只次郎より先に店の中へと入ってゆく。「鶯は、二階でいいんだろ？」と尋ねる声に、只次郎は「ああ、頼む」と応じた。

「お妙さんも、どうぞ」

只次郎が戸口で身を引いて、お妙を迎え入れようとする。その涼しげな顔が、癪に障る。大人げないという自覚はありながら、ふんとそっぽを向いて入り口を通る。

店の中は、『ぜんや』とほぼ同じ広さだった。入ってすぐが調理場というわけではもちろんなく、土間と帳場と思しき座敷になっている。台所は、座敷の奥にあるようだ。二階へと続く階段の造りは、『ぜんや』とまったく同じである。

表店に移ることを、只次郎はいつから考えていたのだろう。三河屋の出店を任せるという話が立ち消えになったときから、ならば自分で店を持ってやると決めていたのかもしれない。

これで只次郎も、一国一城の主である。そう思うと、「おめでとうございます」と素直に言えた。

「ありがとうございます。ですが、屋号がなかなか決まらなくて。『鶯屋』とか『鶯堂』みたいなものしか思いつかないんですよ」

「野暮ってぇ！」

早くもハリオを二階に置いてきたらしい熊吉が、足音を響かせて階段を下りてくる。十三歳の少年は、体の隅々にまで力が漲っているようだ。

「文句を言うなら、お前も案を出しておくれよ」

「面倒くせぇな。『瑠璃屋』でいいんじゃねぇの？」

ルリオにちなんで、『瑠璃屋』か。悪くない。只次郎も自分よりいい案を出されて、

「うっ」と胸を押さえている。

「だけど『瑠璃屋』だと、なんだか珠玉でも売っているみたいじゃないか」

それも一理ある。ルリオの名声は江戸中の鶯飼いに広まってはいるが、知らない者はまさか鶯の名だとは思わないだろう。

「でしたら鶯にちなんで、『春告堂』や、『初音堂』などは？」

お妙もつい、一緒になって考えてしまった。只次郎が、ハッと息を呑んで振り返る。

「どちらもいいですね。よすぎて一つに絞れませんよ！」

「いや、絞れよ」

熊吉が冷めた目で只次郎を見ている。

「ひとまず、今日一日じっくり考えます。熊吉もお仕着せじゃなんだから、荷物を運び込んだら着物を買いに行こう。それから三人で、八重桜でも見に行きませんか？」

家移りに浮かれ、只次郎は漬物を届けてほしいというお妙の頼みを忘れているようだ。

でもべつに、急ぐわけではない。今年の桜も、もうすぐ終わりだ。熊吉は嫌そうな顔をしていたが、お妙は「そうですね」と頷いた。

暗雲

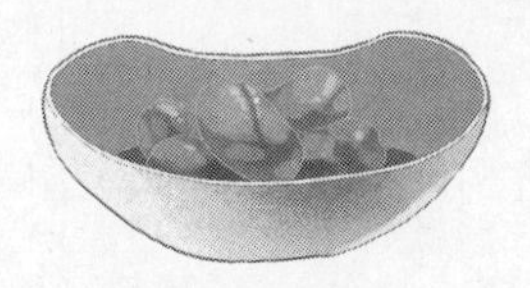

一

鶯の声に急かされながら、ごりごりごりと青菜を擂る。

預かりの鶯は、ついに十五羽になってしまった。自分の飼い鶯を含めると、なんと二十羽。朝晩の餌作りだけでも骨が折れる。卯月も下旬となればうっすらと汗ばむ日もあり、これ以上暑くなると餌の作り置きもできなくなる。

「兄ちゃん、おはよう。上がかい？」

表の戸が無遠慮に開き、階下から呼ばわる声がする。奉公人の熊吉である。

「ちょうどいいところに。手伝っておくれ！」と、林只次郎は助けを求めた。

階段を軋ませて、熊吉が上がってくる。湯島天神でお妙に拾われたときはまだ十になったばかりの小便臭い子供だったのに、早くも十三。育ちの早い子らしく、お妙の身丈はとうに超え、只次郎に迫らんとする勢いだ。

上に上にと伸びるばかりなので、手足はまだひょろりと細い。だがそれも、しだいに逞しくなってゆくのだろう。

「この書きつけどおりに、餌を拵(こしら)えてほしいんだよ」

「はいはい」

健康に問題のない鶯には只次郎が今作っている餌でいいのだが、滋養が足りなかったり、太りすぎていたりすると配分を変えてやらねばならない。熊吉は慣れたもので、畳の上にどかりと座ると、空いている擂り鉢を手元に引き寄せた。

ごりごりごりと、青菜を擂る音が重なる。ルリオの子であるヒビキの世話をしてきただけあって、熊吉はやるべきことを心得ている。餌の配分さえ書き記しておけば、只次郎の帰りが遅くなっても鶯たちは腹を空(す)かして待たずに済んだ。

表店(おもてだな)に移り住み、早くもひと月以上が経(た)っている。熊吉の存在は、実にありがたいものだった。

「ところで私のことは、いつから『旦那様(だんな)』と呼んでくれるんだい?」

擂り鉢を使いながら、黙っているのもつまらない。只次郎の軽口に、熊吉は「馬鹿言ってらぁ」と吐き捨てた。

「オイラの旦那様は、後にも先にも俵屋さんだけさ」

見上げた忠勤ぶりである。熊吉は、あくまで薬種問屋の俵屋から遣わされているだけだ。朝になるとやって来て、夕刻にはまた俵屋へと帰ってゆく。留守を守れる人手が必要だと相談すると、俵屋は気前よく熊吉を貸してくれた。

ただの留守番ではなく、只次郎が家を空けている間、お妙を見守れる者がいい。機転が利いて、異変があればすぐに知らせてくれる者。はじめは口入れ屋に頼もうかと思っていたが、俵屋が「いけませんね」と首を振った。

「素性のはっきりしない者を、お妙さんの傍に置きたくはないでしょう。うちの熊吉をお貸ししますよ」

その代わり、商いの妙味というものを叩き込んでやってくださいね。そう言って、俵屋はにっこりと微笑んだものである。

只次郎が鶯指南のほかに、商い指南もはじめたのを見込んでのことだろう。依頼のあった商家が潤うよう、品物の見せかたや売りかた、ときには店作りそのものの案を出す。

そんな商いの勘所を、熊吉にも教えてやってほしいというのだ。相変わらず、抜け目のない御仁である。

「それにしても、ちょっと預かりすぎだと思うぜ。今日は朝から増山様のお屋敷で鶯指南だろ。もうこれ以上増やすんじゃねぇぞ」

熊吉は只次郎の窓口となり、客からの依頼を取りまとめている。帳面を見なくてもその日の予定は頭に入っており、朝一番でこうして一日の流れを教えてくれる。昼からは廻船問屋での商い指南が入っていた。

「すまないね、お前には苦労をかけて」

「そう思うならこれ以上、預かりを増やすなって言ってんだよ。分かってる？」

只次郎だって、増やしすぎだとは思っている。それでもまだ鶯商いと称し、江戸中の鶯飼いの家を回るつもりでいた。

それというのも前小十人頭、佐々木様がどなたかに献上したと思われる、行方不明の鶯を探すためだ。

只次郎が鳴きつけをした二羽の鶯のうち、一羽は大奥の、時の将軍家斉公の御生母様の元にあると分かった。ならばもう一羽は？　そこを突き止めれば、お妙を脅かす黒幕の正体も知れるのではないだろうか。

本日依頼が入っている増山様とは、増山河内守様である。伊勢長島藩主で政には疎いものの、書画や文芸に秀で、文人大名と呼ばれている。細い伝手を辿りに辿り、近ごろやっと、大名家に出入りができるようになってきた。

むろんこちらは浪人同然の身。当主に目通りが叶うわけではないが、鶯の鳴き声をたしかめられさえすれば充分だ。ルリオ調かそうでないかは、只次郎の耳ならすぐに聴き分けられる。

だがそれができるのも、鶯が本鳴きをしている間のみ。六月ごろから次第に鳴きが治まって、七月あたりで鳴かなくなる。それまでに見つけられなければ、来年までまた見分けがつかなくなってしまう。

ゆえに只次郎は、焦っていた。危ない橋を渡るなと言われても、あと一歩で黒幕の尻尾が摑めそうなら手を伸ばしてしまう。ましてや鶯は得意分野だ。なんとかして、見つけ出したい。

「手が止まってるぞ、兄ちゃん」

熊吉に声をかけられ、我に返る。雇ってみて分かったが、熊吉は有能だ。あまりぼんやりしていては、なにかあると勘づかれてしまう。

「ああ、いけない。寝そうになってた」

「しっかりしてくれよ。どうせまた、夜遅くまで滑稽本でも読んでたんだろ」

呆れたと言わんばかりに、熊吉は滋養が多めの餌を作り終える。どの鶯にどの餌をやればいいのかも一度で覚え、只次郎を煩わせることがない。俵屋が熊吉に目をかけるのは、亡き右腕の忘れ形見だからというだけではないようだ。

「それから、夕方はあれがあるから。忘れんなよ」

ぼんやりしてるんじゃないぞと、熊吉が釘を刺してくる。

「ああ、分かってるよ」

「本当かよ。まぁうちの旦那様や、菱屋のご隠居さんも来るって言ってたから、兄ちゃんがいなくても障りはないんだけどさ」

有能なのはいいが、実に口がよく回る。俵屋の前ではもっと控えめなのだろうが、只次郎には遠慮がない。

「そうかい。ならば、そんな使えない私の代わりに滋養が少なめの餌も作っておくれ」

「うはぁ。兄ちゃんは本当に、ああ言えばこう言うだな！」

それは、目上の者に使う諺なのだろうか。そっくりそのままお返ししたい。

「ほらほら、早く。それが終わったら、隣に朝餉を食べに行こう」

熊吉を通わせている間、三食の世話は只次郎がする約束だ。お妙にはあらかじめ、その分の金を渡してある。

朝餉と聞いて育ち盛りの熊吉の腹が、鶯にも負けぬ声で鳴いた。

只次郎は店の表に立ち、『春告堂』と刻まれた看板を見上げる。

先日届いたばかりの看板の、材は欅。屋号を鎌倉彫にして、漆を塗り重ねてある。黒い文字が艶やかに光り、看板が一枚あるだけで、表店の佇まいがぐっと引き締まる。屋号はお妙の案である。鶯は別名、春告げ鳥。商い指南の依頼元にも春を呼んでみせようと、この名を選ぶことにした。

実にいい名だと思う。火事でこれまでの蓄えを焼いており、表店を借りるにあたり、ご隠居から少しばかり借財もした。だがそれも、鶯稼業を張りきりすぎているせいで近いうちに返せそうだ。ルリオやハリオの歌声は、決して安くないのである。

「なにやってんだよ、兄ちゃん。早く朝飯食いに行こうぜ」

空腹に耐えかねて、熊吉が袖を引いてくる。踏ん張ることもできたが、只次郎はわざとよろけて見せる。

「待っておくれよ。ちょっとくらい感慨にふけらせてくれたっていいじゃないか」

「もう充分だろ。毎朝毎朝表に立って、惚けた顔をしてんだから」

武家ながら商人になりたいなどと言って、同輩からは白い目で見られてきたのだ。それがようやく形になって、滑りだそうとしている。憧れの、自分の店だ。つくづくいい響きである。

「まぁ、いやだ。なかなかお見えにならないと思ったら」

くすくすと軽やかに笑う声がして、振り返るとお妙が『ぜんや』の店先に顔を出していた。裏木戸を挟んで、お隣同士。勝手口からどぶ板を踏んで行かねばならぬ裏店よりも、住まいはむしろ近くなった。

しかし只次郎は、以前ほど『ぜんや』に入り浸りではいられない。そのぶんお妙と過ごす時を、大事にしたいと思っている。

「お妙さん、今日の朝飯はなんだい?」

熊吉が甘えた声を出し、お妙に駆け寄る。子供ぶってはいるが、前まで「おばさん」と呼んでいたのが「お妙さん」に変わっているあたりが狡猾だ。

「ぎば飯と、豆腐のお味噌汁よ」

「やったぁ!」

ぎば飯は、塩茹でにした莢隠元を小口切りにし、炊きたての飯に混ぜ込んだものだ。ほんのりとした塩味と、莢隠元の青さが爽やかな一品である。

「朝飯を食べたら、料理の下拵えを手伝うよ。オイラ誰かさんと違って、使える男だからさ」

「いつもありがとうね、小熊ちゃん」

使える男云々というのは、只次郎への当てつけだろう。しかたのないこととはいえ、この朝のひとときをお妙と二人きりで過ごせなくなってしまったのは残念だった。熊吉に笑いかけるお妙は、寛いでいるように見える。だがその心は、張り詰めてはいないだろうか。夕刻になれば久方振りに、材木問屋の近江屋が『ぜんや』に飯を食べに来ることになっている。

近江屋への月に一度の復讐は、前の店が焼けてからというもの途絶えていた。もうそのまま終わりにするのかと思いきや、新しい店もそろそろ落ちついてきたことですしと、お妙から話を持ち出した。

はたしてそれでいいのか。辛くはないのかと只次郎も旦那衆も心配したが、お妙は少し青ざめた顔で笑った。

「近江屋さんには月に一度、私の良人を殺めたことを思い出してほしいんです。この先もう、悪事に手を染めることがないように。あの人のせいで、泣く人が増えないように」

だから近江屋にはこれからも、犯した罪の重さを突きつけてやらねばならない。自分が辛いからといって、やめるわけにはいかないと言った。

ただ復讐のためだけに続けるのなら、もうやめましょうと止めるつもりだった。だが第二、第三の善助を出さぬためと言われては、「分かりました」と頷くしかない。

その旨を伝えると、近江屋の用心棒に収まっている草間重蔵も「あの人が、そこまですることはなかろうに」と痛ましげに眉を寄せた。

「林様、どうなさいました？」

立ち止まったまま動かない只次郎に、お妙が近づき、訝しげな目を向ける。三度の飯をなにより楽しみにしている只次郎がぼんやりしているものだから、どこか悪いのかと案じたようだ。

「もっと、喉通りのいいものにしましょうか。今日もお忙しいのでしょう？」

「いいえ、なんともないです。それに今日は、早めに帰りますから」

只次郎は首を振り、共に近江屋に立ち向かうつもりだと暗に告げる。お妙は安堵したように、口元を緩めた。

「はい、お待ちしております」

先に行った熊吉が、『ぜんや』の戸口から「おーい」と声を張り上げる。

「二人とも早く。なに道端で見つめ合ってんのさ！」

「いやだ、小熊ちゃんたら」

首までほんのり上気させて、お妙は「もう！」と熊吉を咎める。着物から綿が抜かれて薄くなり、くねらせた体はいっそう婀娜っぽい。

やはり今からでも、熊吉には朝餉を俵屋で食べてくるよう伝えるべきか。そんな邪な考えが、只次郎の頭にちらりとよぎった。

二

ホー、ホケキョ。

目を瞑り、鶯の声を聴く。幽玄の世界へと誘われるルリオやハリオの声とは趣が違い、こちらは幾分寂びがある。だが、これはこれで。

「いいものですね」

余韻を存分に味わい、只次郎はゆっくりと目を開けた。

上座には、そればかりが目立つほどに額の秀でた男がいる。文にばかり偏り、武がからっきしなのは、着物の上からでも窺える貧弱な体つきを見れば明らかだ。

歳の頃は、只次郎の父よりやや若いくらいか。増山河内守、その人である。

大名家へ鶯指南に赴いて、案内された部屋にまさか当主自らがやって来るとは思わなかった。鶯の声に感嘆していると、「そうであろう」と河内守様は満足げな笑みを見せる。

身分どころか歳も親子ほどに離れているのに、偉ぶったところのないお人だ。そのくせ部屋の設え(しつら)の一つ一つに高い教養が窺えて、ただ座っているだけでも心地よい。

河内守様は山水画や花鳥画に通じ、鳥や虫を多く描いてきたお人だ。その流れで鶯を飼うようになり、歌声にも凝るようになったという。

「鶯というものは律(りつ)、中(ちゅう)、呂(りょ)を同じ幅に鳴き分けるのがいいとされておるが、あまりに確かすぎても可愛(かわい)げがない。うちのは律音がさほど高くないが、この渋さが気に入っておりましてな」

「ええ、ええ、よく分かります。この独特の持ち味は、他には代えがたきものかと」

大名と話をしているというよりも、まさに文人墨客を相手にしているような気安さである。只次郎を呼び寄せたのも、たんに鶯談義がしたかったからのようだ。大名の中でも、かなりの変わり種に違いない。

ともあれ河内守様の鶯は、ルリオ調ではなかった。雛(ひな)のうちに鳥屋から買い求めたというから、献上品ですらない。あては外れてしまったが、鶯について語り合うひとときは楽しいものだった。

鶯指南といっても、鳴き声についてはもはや言うべきこともない。河内守様はこの歌声を今年の雛に覚えさせたいそうで、つけ子のやりかたとそのコツをいくつかご説明することになった。

楽しい時は早いもので、ふと気づけば昼九つ（正午）の鐘が鳴っていた。

これはいけない。午後からは、商い指南が入っている。

河内守様も名残惜しく思ってくださったのか、昼餉を食べてゆくよう勧められたが、丁重に断った。だがせっかく摑んだ太い伝手を、ここで途切れさせるのはもったいない。只次郎は御前を辞する前に、「そういえば」と思い出したかのように手を打った。

「もしや大名家や旗本衆の中で、他に鶯を飼っておられる方をご存知であれば、ご教示願いたいのですが」

「ほほう、なかなかに商い上手じゃの」

河内守様に、只次郎の小芝居は通用しなかった。それでも気分を害した様子はなく、肩を揺らして笑っている。心当たりがあるのか、「そうじゃの」と人差し指をこめかみに押し当てた。

「たしか、堀田摂津守が二、三年前から飼っておったか」

「摂津守様、ですか」

我知らず、喉がごくりと鳴る。

堀田摂津守様といえば近江の堅田藩主で、前老中松平越中守様の引き立てにより若年寄になられた方だ。その恩義に報いんとばかりに、ご改革では越中守様を大いに助けた。そして越中守様が失脚なさった今も、若年寄の役目に留まっている。

また摂津守様には、文人の一面もあった。彼は優れた歌人である。ゆえに河内守様とも、なんらかのつき合いがあるのだろう。

一時は黒幕ではないかと疑った、松平越中守様に近しい人物。そんな方が鶯を飼っているとは、聞き捨てならない。佐々木様が何者かに鶯を献上したと思われるのは、三年ほど前のことである。

河内守様がさらさらと、空中になにかしらを書く素振りをして見せた。

「一筆したためてやろうか？」

それは願ってもない申し出だった。只次郎が一万石の大名の屋敷を手ぶらで訪れたところで、門番に追い返されるのがおちである。

たとえ摂津守様に目通りが叶わなくとも、屋敷に入り、鶯の声さえ聞ければ充分だ。

「ありがたき幸せ」

只次郎はかしこまり、神妙に畳に手をついた。

思ったよりも、時がかかってしまった。

築地本願寺にほど近い増山様のお屋敷から、深川の廻船問屋へ。昼九つ半（午後一時）を少し過ぎたころに到着したものの、なんの手違いか、主人が留守にしていた。

奉公人に聞いても、戻りが何刻になるか分からないという。ならば待っていてもしようがない。また後日ということになり、急にやることがなくなってしまった。

今さら言っても後の祭りだが、そのまま神田花房町代地に帰ればよかったのだ。だが真っ直ぐ帰るには早すぎると、つい欲が出てしまった。

懐には、河内守様の書状がある。これを持って、堀田様のお屋敷に行ってみようと思い立った。

あらかじめ買っておいた切絵図を広げ、お屋敷の場所をたしかめる。お屋敷は、田安御門の近くにあった。

深川からは、少し歩く。だが急げば昼八つ半（午後三時）になる前には着くだろう。それから四半刻（三十分）ほどのうちに驚を見せてもらって、また急いで歩けば、夕七つ（午後四時）には『ぜんや』に戻れる寸法だ。

そう考えていたのに、見通しが甘すぎた。思いのほか、堀田様のお屋敷で待たされた。突然の訪問だったのだから無理もないが、当主に会わせろというわけではないのだから、融通を利かせてほしかった。

しかもやっとお目にかかれた鶯は、ルリオ調ではなかった。堀田様は鳥類の分類研究をなさっているそうで、鶯を美声に育てることにはあまり関心がないらしい。ことを急いたわりに、なんの収穫もなく只次郎は帰路についた。

お妙に早く帰ると約束したのに、とんだ失態だ。飯を食べるといっても近江屋は、『ぜんや』に長居したがらない。出された料理を酒で流し込むようにして腹に収めると、針の筵だと言わんばかりに立ち上がり、木場の家に帰ってしまう。

旦那衆に熊吉、それに用心棒の重蔵もいるはずだから、お妙の身に危険はないだろう。それでも味方を少しでも増やし、不安を減らしてやりたかったのに。

「すみません、遅くなりました！」

息を切らし、『ぜんや』の表戸を開ける。お妙がハッとして振り返り、只次郎を見て安心したように頬を緩めた。

近江屋は、まだそこにいた。でっぷりとした体で小上がりに胡座をかき、その両脇を菱屋のご隠居と俵屋が固めている。床几には熊吉、給仕のお勝は銅壺の前でちろりが温まるのを待っている。重蔵は来ていないのかと首を巡らせば、戸口のすぐ脇に控えており、只次郎はびくりと肩を震わせた。

「おやおや、これは林様。ご無沙汰しております」

分厚い面の皮を笑みの形に折り畳み、近江屋は平然と只次郎を迎えた。もうすでに、締めの飯と汁に箸をつけている。あと少し帰りが遅くなれば、すれ違っていただろう。

「風の便りに聞いておりましたよ。ついにご自分の店を持たれたそうで」

持たれたそうでもなにも、すぐ隣なのだからその目で見たであろうに。近江屋はいけしゃあしゃあと、「おめでとうございます」と祝いの言葉を口にする。

「祝儀も出さず、申し訳ないことで。いやまさかこれからも、おつき合いがあるとは思いませんで」

『ぜんや』が焼けたことで、月に一度の責め苦からも逃れられると思ったのだろう。たとえそうであったにしても、つき合いが切れるほど浅い因縁ではなかろうに。

「それにしても商い指南とは、まるで佐野のようなことをなさっているのですね。せいぜい、目をつけられないようになさいませ」

近江屋が、ひひひと不気味に腹を揺らす。佐野とはお妙の亡き父、佐野秀晴のことである。

言われてみれば、江戸に来るたび商家を回って商いについて説いていたというお妙の父と、似たようなことをしていた。佐野と懇意だった旦那衆とも変わらずに親しくしており、たしかに誤解を招きかねない。

「私たちに後ろ暗いことはなにもないと、近江屋さんからお伝えいただいたはずですが」

「ええ、もちろん私からはそうご注進申し上げましたけどね。あちらがどう受け取るかは、与り知らぬところで」

お妙が目つきを険しくしても、近江屋はのらりくらりと躱している。その右脇に控えるご隠居が、「いけませんねぇ」と手にしていた盃を置いた。

「そこは思い違いのないように、しっかりお伝えいただきませんと」

左脇に控える俵屋も、「そうですね」と穏やかに頷く。

「ところでご存知ですか。先ほど蓬の天麩羅を召し上がっていましたけれど、蓬と鳥兜の若葉は見分けがつかないほどそっくりなんですよ」

鳥兜は、言わずと知れた猛毒である。美しい花を咲かせるが、すべての部位に毒がある。特に根は附子と呼ばれる生薬で、俵屋の薬棚にもあるはずだ。

「ですから、お気をつけくださいね。うっかり間違えてしまうかもしれませんから」

そちらの態度次第では、報復も辞さぬ。そんな脅しを微笑みながら言えてしまう俵屋には、底の知れぬ恐ろしさがある。

近江屋は白々しい笑いを引っ込めて、「ヒッ！」と頬を引きつらせた。

三

「ああまったく、嫌な男だよ！」

近江屋が帰るなり、お勝が塩の入った壺を引っ掴み、店の四隅に撒きはじめた。善助はお勝にとっても弟だ。近江屋の顔を見て、平気でいられるわけがない。やけくそのように表にまで塩を撒き、大きく肩で息をした。

「久し振りに会ったから、少し疲れてしまったわね」

お妙が労るように、お勝の背中に手を添える。その姿は二人で支え合うようにして、どうにか立っているようにも見える。

「だけど近江屋さんも、厄介な相手を敵に回したと思ってるんじゃないでしょうか」

近江屋がいる間は黙って様子を窺っているだけだった熊吉も、息を吐いて体の強張りを取る。口調がいささか改まっているのは、俵屋がいるせいだ。

子供を巻き込むには血なまぐさい話だからと、商いの決まりごとを破った近江屋を懲らしめているのだと聞かされている。聡い子だからそのわりに、お妙やお勝の態度がおかしいと気づいているに違いないが、聞いても教えてはくれまいと分かっている。

決して出すぎず、自分の頭で真相を探っているところだろう。

「あの、すみません。帰りが遅くなってしまって」

あらためて詫びると、熊吉にすかさず「本当だよ！」と責められた。近江屋につき従って帰っていった重蔵にも、「しっかりしてくれ」とばかりに肩を叩かれている。情けないかぎりである。

「いいんですよ。お忙しかったのでしょうし」

気にしないでくださいと、お妙に気遣われるのも不甲斐ない。

なにごとにも、焦りは禁物だというのに。今日中に堀田様の鴬を見てやろうと欲を出した己を、只次郎は恥じた。

「いやしかし、林様が秀さんと同じようなことをしているという指摘には、たしかにと膝を打ちましたよ」

仕切り直しとばかりに、ご隠居が本当にぽんと膝を打つ。お蔭で険しい顔をしていたお勝も、「そうだねぇ」といくぶん表情を和ませた。

「たしか、『微笑みの秀さん』と呼ばれていたんだっけ。だったらアンタはなんだろうね。『やみくもの只さん』とか？」

「ちょっとお勝さん、おかしな渾名をつけないでくださいよ」

くだらない冗談を言うくらいの元気は出てきたようだ。ふふふと、お妙も口元に手を当てて笑っている。

「でもそれだと、町人拵えのときの『只さん』とごっちゃになってしまいますね。どうしましょう」

「いいんですよ、そんなことを真剣に考えなくても」

軽口を叩き合っているうちに、只次郎も頬の強張りが解けてゆく。

こんなふうに、気安い人たちとただ笑い合っていたいだけなのに。蛇がいそうな藪をつつかずにいれば、本当にこの平穏は守られるというのだろうか。

黒幕の正体を知っているはずの近江屋を追及せずにいるのは、真相よりも穏やかな日常を取ったからなのだが。ふとした拍子に不安がよぎる。

もしも本鳴きの季節が終わるまでにルリオ調の鶯が見つからなければ、近江屋を締め上げてやろうか。

吟味方与力の柳井殿に頼めば、洗いざらい白状してしまいたくなるような責め苦を用意してくれるに違いない。どんな悪党であれ、できれば人を痛めつけるのは避けたいところだが。奥の手があると思えば、身の内で暴れそうになる焦りをどうにか制御できそうだった。

「ともあれ、飯にしましょう。ろくすっぽ食べずに酒ばかり飲んでいたものだから、酔いが回ってきちまいましたよ」

ご隠居が、腹をさすりながらお妙に催促する。近江屋と一緒に食べてはせっかくの料理がまずくなると、酒だけで我慢していたという。

「はい、すぐにご用意いたします。林様も、召し上がりますよね？」

そういえば、あちこち駆けずり回っていたせいで昼飯を食べそびれている。只次郎は不穏な考えをいったん頭の脇に置き、「もちろんです」と頷いた。

蓬の天麩羅、空豆の含め煮、卯の花の炒り煮。春の名残を感じさせ、酒にも合う料理が次々に並べられてゆく。それらを見たとたん只次郎の体が空腹を思い出し、口の中にじわりと唾が湧いた。

「こちらは海苔の片面に、鯵の叩きを塗って焼いたものです」

お次は初夏に美味しい光り物。海苔は魚河岸に店を構える、宝屋のものだという。

以前お妙が神田川で拾った、お梅という子供を引き取ってくれた海苔屋だ。「あんなに可愛くていい子を助けてくれてありがとうね」と、相場より安く卸してくれるという。

「ほほう、善行は積んでおくものですねぇ」

ご隠居が、熱々の鯵の磯辺焼きを頬張った。善行とはほど遠い行いに手を染める羽目になるやもしれぬ己を思いつつ、只次郎もそれに続く。

鯵の叩きには大葉と生姜のみじん切りが練り込まれており、炙った海苔の風味と共に、口の中で香りが立つ。

「ああ、旨い」と、思わず目を細めた。

「空豆も、鰹出汁が染みていますねぇ」

もうそれなりに飲んでいるはずなのに、空豆が酒に合うものだから、俵屋はさらに杯を重ねている。お勝が新しいちろりを小上がりに運び、くいっと顎をしゃくった。

「それ、熊吉が莢を剝いてくれたらしいよ。誰かさんと違って、役に立つ子だねぇ」

食べるばかりで料理を手伝ったことのない、只次郎への当てつけである。客の多い昼間には、熊吉は給仕までこなしているという。まだ酒を飲む歳ではないから、動いていないと手持ち無沙汰なのだろう。きっとそうに違いない。

「この木の芽味噌も、擂り鉢で擂ってくれたんですよ」

お妙がそう言いながら、木の芽味噌を塗って焼いた鰆の皿を差し出す。朝っぱらからごりごりと鶯の餌を作り、ここでもまた擂り鉢を使っていたのか。

「そうですか。よく勤めているんだね、熊吉」

商いとは関わりのなさそうな手伝いをしていても、それもまた経験と俵屋は微笑む。

熊吉は照れたように、「へへっ」と鼻の下をこすった。

「ふむ、木の芽と味噌の塩梅がちょうどいい。こりゃあ、料理人にもなれますよ」

ご隠居もまた、冗談を言っておだてる。お妙が指南したのだろうが、味噌や味醂、砂糖などの分量が絶妙だ。

「よしてくださいよ。その気になってしまったら、うちの損失です」

目を掛けている奉公人が褒められて、俵屋もまんざらではない様子。熊吉は只次郎以外の者には愛想がよく、ずいぶん可愛がられている。

「ところでこの卯の花、いつものよりしっとりとして、美味しい気がするんですが」

只次郎は、先ほどからなにげなくつまんでいた卯の花の炒り煮に箸を戻す。

いつも『ぜんや』の見世棚に、あたり前のように並んでいる料理だが、それがやけに旨いのだ。出汁をたっぷりと吸い込んだ卯の花の、奥のほうから大豆の甘みが滲み出てくる。

「ああ、それは」

お妙と熊吉が顔を見合わせる。二人同時に、「ふふっ」と肩を揺らして笑った。

「もしや、これも熊吉が作ったのかい？」

「さぁ。作ったと言や、作ったかな」

やけにもったいぶった言い回しをして、熊吉が首を傾げる。

「そうですね。あとこれも、小熊ちゃんが作りましたよ」

そう言いながら、お妙が濡れ布巾越しに掴んで持ってきたのは土鍋だ。調理場で七厘にかけていたのを火から下ろし、しばらく蒸らしていたらしい。

「なんですか、これは」

飯が出てくるにはまだ早い。訝る只次郎の鼻先で、土鍋の蓋が開けられた。

「ふわぁ」

甘い湯気が顔を湿らせ、一瞬前が見えなくなる。ほんのりと、大豆の香りが漂ってきた。

「豆腐ですか！」

湯気が収まってゆくにつれ、土鍋の中の白く滑らかな肌が見えてくる。おぼろ豆腐である。

「ええ、小熊ちゃんが手伝ってくれるので、大豆から作ってみました」

これはまた、手間がかかっている。以前にもおぼろ豆腐を作ってくれたことはあるが、そのときはたしか、豆腐屋から豆の汁を分けてもらったと言っていた。

「オイラ、今日は朝からずっと擂り粉木を握り通しさ」

役に立てたのが嬉しいのか、熊吉が胸を張る。

豆腐を作るには、ひと晩水に漬けて柔らかくしておいた大豆を、根気よく擂り潰さなければいけない。そうして滑らかになったものが豆汁で、その絞りかすが卯の花というわけだ。

「そうそう、これが食べたかったんですよ」

ご隠居が、我慢しきれずに身を乗り出す。近江屋が食べているのを横目に、うずうずしていたのだろう。

「この後の汁物も、呉汁を用意しております」

豆汁を絞って温め、にがりを加えれば豆腐。そのまま味噌汁に入れたものを、呉汁という。

卯の花に豆腐、そして呉汁と、熊吉は間違いなく大活躍であった。

お妙はおぼろ豆腐に醤油味の餡をとろりと回しかけ、片口碗に取り分けてゆく。薬味として、葱とおろし生姜が添えられた。

木の匙を手に取り、できたての豆腐を吹き冷ます。つるりと口に入れたとたん、体がふわりと浮き上がったように思えた。

「ああ、すごい。大豆の風味が生きていますね」

「うん、甘みが立ち上がって、豆の香りが鼻に抜けてゆきますよ」

「これは、なにもつけなくても充分かもしれませんね」

只次郎、ご隠居、俵屋と、おぼろ豆腐に舌鼓を打つ。

こんな手のかかるものを近江屋にも出してやったとは、もったいないことこの上ない。どうせ味など分からず、砂でも嚙むような顔をして食べたのだろう。「旨い！」と喜んで食べてくれる人に当たらなければ、作り手も料理も浮かばれない。

そうたとえば、豆腐が好きでたまらない御仁とか――。

「拙者、豆腐が一番の好物にて」と、上機嫌に笑う男の顔が頭に浮かぶ。勘定奉行久世丹後守様の用人、柏木である。

久世丹後守様――？

只次郎は思わず息を呑む。目の前がふいに、サッと晴れたような気がした。

四

三日後の夜、只次郎は久世家の表座敷の次の間にじっと控えていた。

どこかの部屋から、鶯の声が聞こえてくる。ルリオ調だ。この家にはルリオの子、タマオが貰われている。

声を聞くかぎりは元気そうだ。しかしもう、宵五つ（午後八時）の鐘が鳴っている。鶯は夜に鳴く鳥ではないから、おそらく灯火のついた明るい部屋にいるのだろう。

「待たせてすまぬ。もうすぐお呼びがかかるゆえ」

襖が滑らかに開き、用人の柏木が顔を出す。只次郎は「いいえ」と首を振った。

久世丹後守様は、勘定奉行だけでなく関東郡代も兼ねている。お忙しいのは承知の上だ。それでも機会を作ってくださったのだから、ありがたいと思っている。

「林殿にお目に掛かるのは久方振りだが、顔つきが大人びましたな」

そうだろうか。今日の只次郎は、黒紋付きに袴姿だ。柏木と会うのは平服のときばかりだったから、大人びて見えるとすればそのせいだろう。

「ところで柏木殿、鶯は暗い部屋に移したほうがよろしいかと。夜に鳴かせては、疲れてしまいます」

「ああ、そうだな。すまぬ。遅く帰られる殿の慰みになればよいと思い、つい」

「お気持ちは分かりますが、鶯は体も小さいゆえ」

「分かった、無理はさせぬ。すぐ部屋を移させよう」

相変わらず、忠義に厚い男だ。柏木は丹後守様のためとあれば、少しやりすぎるところがある。

柏木が下男に用を言いつけるため部屋を出て行き、一人に戻ってから、只次郎は懐から手拭い（てぬぐい）を取り出し、手を拭（ふ）いた。気が張っているのか、手のひらにやけに汗をかく。

さて、柏木が心酔する久世丹後守様とは、どのようなお方であるか。

しばらくすると柏木とは別の侍が、「ご用意が整いました」と只次郎を呼びに来た。

床の間を背にして座る丹後守様は、いかにも能吏らしく、すべてに於（お）いて整った方だった。

夜だというのにまるで今さっき髭（ひげ）を当たったかのような顔をして、身だしなみに乱れはなく、背筋をすっと伸ばしている。歳は還暦前後と思われるが、相手を若輩者と侮らぬ振舞いをする。

「すまぬ、待たせてしまったな」

しかも気さくさを持ち合わせており、なるほどこれは心を摑まれる。

只次郎は「とんでもないことでございます」と畳に手をついた。

「こちらこそ、ご無理を申しまして」

「其方のことは、柏木から聞いておる。鶯の名人であるそうだな」

「まだまだ未熟者ゆえ、お恥ずかしいかぎりで」

「謙遜だな。堅苦しいのもよそう。儂に聞きたいことがあるのであろう？」

頭の巡りが違うのか、話が早い。この方ならば、なにを聞いてものらりくらりと躱されるということはないだろう。

柏木に丹後守様への繋ぎを頼むにあたり、「佐野秀晴という名に覚えがあるならばお目通り願いたい」と伝えた。今こうして目の前に丹後守様がおられるということは、つまりご存知であるということだ。

丹後守様は、田沼主殿頭様と懇意であったはず。それでも政変に巻き込まれず、重用され続けている希有なお方だ。ならば主殿頭様に対して商いの大切さを説いていたという、佐野についても知っていることがあるのではないかと思った。

さて、なにから聞いたものか。只次郎はゆっくりと顔を上げ、居住まいを正す。
だがこちらがなにか言う前に、丹後守様に機先を制された。

「いいや、まずは儂から聞こう。お主はいったいどういった立場から、佐野のことが知りたいのだ？」

鋭い。この人はなかなか、只次郎に乗せられてくれそうにない。
こちらの目的が分からなければ、丹後守様も話がしづらかろう。

「実は――」と、只次郎は軽く身を乗り出した。

佐野秀晴には娘がおり、外神田で居酒屋を営んでいること。先日火事に遭い、その拍子にふた親の死の記憶が蘇ってしまったこと。どうやら佐野は、押し込みに遭って殺され、自宅に火を放たれたらしいこと。はたしてそれは本当に押し込みだったのか、自分は疑いの目で見ているのだと、ここに至るまでの経緯を説明する。

丹後守様は要所要所で相槌を打ちながら、余計な言葉を挟まずに聞いていた。そして只次郎の一言一句を頭の中で整理し終えると、「そうであったか」と頷いた。

「佐野に、娘が」

「ええ。ですから、佐野秀晴についてご存知のことがあれば、ぜひご教示願いたく」

そう申し出ると、しばし奇妙な間が空いた。打てば響くような丹後守様らしからぬ沈黙だ。訝しみつつ待っていると、ほどなくして言葉を発した。

「しかし儂は、佐野とは直に会ったことがない」

表情を窺うかぎり、嘘をついているようには見えない。丹後守様は先を続けた。

「主殿頭様には、いずれ会わせようと約していただいたのだがな。面白い男であったと聞いている。残念なことだ」

そう言うと、丹後守様は痛ましげに眉を寄せた。おそらくこのお方にとっては、佐野秀晴の死が不本意であったのだろう。ならば、信用できる。

「なぜ佐野は、殺されねばならなかったのでしょう」

只次郎は、一気に丹後守様に切り込んだ。もはや、佐野を殺したのはただの押し込みではないという前提で話している。丹後守様は、否定しなかった。

「其方、平賀源内という男を知っているか」

その代わり、途方もない質問を投げかけてくる。なぜここで、別の男の話になるのか。

「エレキテルですか」

内心首を傾げつつも、答える。当時只次郎はほんの子供だったが、小さな雷が出る箱が評判になっていたのは覚えている。

「そのとおり。面白いと思ったものにはなんでも飛びつく男でな、漢学、本草学、蘭(らん)学(がく)、戯作(げさく)、蘭画(らんが)、医術、山事(やまごと)とまぁ、多才なことこの上なかった。旧弊に縛られることなく常に斬新(ざんしん)で、主殿頭様はその才をまことに愛しておられた」

浪人者ながら源内が主殿頭様に気に入られていたことは、只次郎も知っている。存命であれば、一度は会って話をしてみたい男だ。

「あの男がまさか、獄で死ぬとはな。酔って大工の棟梁(とうりょう)を斬(き)り殺したというが――」

人を殺めた咎で源内は投獄され、そのまま獄死したことになっている。

只次郎は、ごくりと唾を飲み込んだ。

「何者かに、嵌(は)められた?」

「さてな。今となっては、なにも分からぬ。だが葬儀を執り行おうにも、遺体の引き渡しの許可は下りなかったそうだ」

源内は、破傷風で命を落としたとも言われている。獄中で、いったいどんな目に遭ったのか。遺体には、見られては困る責め苦の痕(あと)があったのかもしれない。

「つまり、貴方(あなた)様は佐野の死も――」

その先は、喉が詰まって続けられなかった。

丹後守様は源内の死も佐野の死も、何者かの画策によるものと考えているのだ。

しかし丹後守様は、慎重に首を振る。

「申したであろう。今となっては、もう分からぬ」

そうは言っても、田沼主殿頭様に特に気に入られていた浪人者と、堺(さかい)の医者。その二人が揃(そろ)って不審の死を遂げているのだ。偶然と片づけるには、無理がある。

「黒幕はいったい――」

「口を慎め。分からぬと申しておる」

気が逸(はや)る只次郎を、丹後守様がぴしゃりと制する。おそらく黒幕の見当はついている。だが証拠もなしに、迂闊(うかつ)なことは言えないのだ。

そこまでは、やはり口を割ってはもらえないか。只次郎は、「失礼いたしました」と頭を下げた。

不躾(ぶしつけ)なことを聞いて、機嫌を損ねてしまったか。丹後守様は、むっつりと口を閉ざしている。只次郎のこめかみを、冷や汗が伝ってゆく。

このへんが潮時か。諦(あきら)めて、暇(いとま)を申し上げるべきか。

しばしの逡巡(しゅんじゅん)の後、帰ろうと腹を決める。だが暇を申し出る前に、丹後守様が呟(つぶや)いた。

「其方、なぜ殺されねばならなかったかと聞いたな」

「はい、いかにも」

よかった。まだ追い返されずにすみそうだ。首の皮一枚繋がった気分で、只次郎は胸を撫で下ろす。

丹後守様は遠くを見遣るように目を細めた。どこか懐かしげにも、羨ましげにも見える表情だった。

「それはな、あの者らに時代を変える力があったからよ」

目の前にいる只次郎のことなど、目に入っていないのかもしれない。丹後守様の口元に、微笑が浮かぶ。

「能吏だなどとおだてられたところで、儂などはただの役人の器よ。あの二人の周りには、新しい風が吹いておった。それぞれは小さな風だ。だが主殿頭様ならば、それを国を揺るがすほどの大嵐に変えることができたであろう」

もはや問わず語りである。只次郎は邪魔をせぬよう相槌を控え、息すら殺す。

「二人とも、ゆくゆくは国を開くべしと考えていた。米よりも金を重んじ、金の力で諸外国と渡り合うのだと。源内などは世の中はすでに金で回っているではないかと、頭の固い連中を笑っておった」

旦那衆から聞いて知っている。同じことを、佐野も言っていた。進んだ考えを持つ者同士、佐野と源内は二人で酒を酌み交わしたことがあるのかもしれない。

「さて、そんな世が本当にやってきたなら、この国はどうなると思う？」

唐突な問いかけだった。油断していた只次郎は、鼓動のうるさい胸を押さえつつ答える。

「金の回りがよくなり、民草は富み、江戸の町はいっそう華やかになるのではなかろうかと」

商い好きの只次郎から見れば、いい世の中になりそうに思える。丹後守様も、「そうであろうな」と頷いた。

「そして、金を持っている者こそが偉い世の中になる。台所が潤っているのは誰だ。大名か、旗本か。違うであろう？」

只次郎は、口を「あ」の字の形に開けて固まった。そんじょそこらの大名よりも、金を持っているのは商人だ。特に、頭に大がつくほどの。

「そのような世になれば、武士など無用。国がひっくり返るぞ」

ざわりと腕が粟立った。金が重んじられるようになれば、武士の世は終わる。先祖代々の禄を食んで生きてきた者たちが、たちまち路頭に迷うのだ。そう分かっていて己の特権を、易々と手放すわけがない。

武家の子弟が金を不浄のものと教え込まれるわけだ。金には、世の有り様を変える力がある。

丹後守様の目が、真っ直ぐに只次郎を捉える。生半可な話ではないと訴える、強い目である。

「分かったか。なぜ殺されねばならなかったのか、ではない。殺される所以しかなかったのだ」

五

早起きの鶯たちが、起きろ起きろと囀っている。

腹を空かしているのだろう。分かっている。だが妙に体が重く、枕から頭を上げられない。

昨夜は久世丹後守様のお屋敷から、どうやって帰ったかも定かではない。想像よりずっと規模の大きな話を聞かされて、頭の整理が追いつかなかった。

そのせいで、熱でも出してしまったのだろうか。いい大人が知恵熱かと、苦笑したくなる。

黒幕の正体は、依然として分からぬまま。もしかすると、一人や二人ではないのかもしれない。お妙の父は、特権を手放したくはないすべての武士の敵だったのだから。

そんなことを考えていると、ますます体がだるくなる。だが生き物を飼っているからには、世話をないがしろにするわけにはいかない。

「分かった、分かった。今起きる」

ひときわ優れたルリオの声に返事をし、海から上がった鯨のように、只次郎はずりずりと寝床から這い出る。

ドンドンドンと、凄まじい勢いで表戸が叩かれたのはそのときだった。

「兄ちゃん、兄ちゃん。まだ寝てんのかよ、おおい！」

熊吉だ。やけに切羽詰まった様子である。

まさか、お妙になにか？

体の不調も忘れ、只次郎は寝間着のまま階下へと走り下りた。

後から思えば、そのときからすでに異臭はしていた。突っ支い棒を外して表戸を開け、只次郎は「うっ！」と口元を袖で覆う。

どこの便所から汲んできたのか、『春告堂』の店先に、汚物が撒き散らされていた。

「兄ちゃん、なんだよこれ」

飛び散った汚物を踏まないよう爪先立ちになりながら、熊吉がべそをかく。只次郎も、これほど明確な悪意を向けられたのははじめてのことだ。

いいや、そうでもないか。思い起こせば一昨年の節分に、刺客を差し向けられている。

そうか、これはただの悪戯ではなく、脅しか。

只次郎が後をつけられたか、それともかつては主殿頭様と懇意であった丹後守様のお屋敷に見張りがついているのか。

どちらにせよ、余計な詮索はするなということだ。

汚物を踏まぬよう気をつけて、外に出てみる。よほど勢いよくぶちまけたらしく、板戸や壁にも跳ねている。ご近所さんも異変を感じてちらほらと表に出てきており、なにごとかと眉をひそめている。

身の危険がないのは救いだが、臭いし汚いし近隣からは白い目で見られるし、地味に辛い嫌がらせである。騒ぎにつられて『ぜんや』からもお妙が出てきて、ハッとして両手で口元を覆った。

「どうなさったんです、これは」

「本当だよ。くせぇよ。なんでこんなことされてんだよ」

お妙は悲痛な声を上げ、熊吉は不安なのか、只次郎に縋りついてくる。周りが騒げば騒ぐほど、逆に頭の中が覚めてゆく。

汚物は『春告堂』の戸口にしか撒かれておらず、『ぜんや』の店先は綺麗なものだ。敵はどうやら、只次郎だけに注意を絞っている。その間お妙から目が逸れるなら、願ったりだ。狙われるのが自分であれば、冷静でいられる。

「弱ったなぁ」と、只次郎は周りにも聞こえるよう、心持ち声を張り上げた。

「実は私の商い指南で儲けた店の、商売敵から逆恨みをされておりましてね。いやまさか、こんなことまでされるとは思わなかったなぁ」

今思いついたばかりの嘘が、すらすらと口をついて出る。

ことの顚末を見守っていたご近所さんからは、「まぁ、おっかない」「ひでぇことをする奴がいるもんだ」「なんだ、ただの妬みかぁ」と同情の声が聞こえてきた。どうやら近隣の爪弾き者にならずにすんだようである。

「そんな、逆恨みだなんて」

お妙が胸の前できゅっと手を握り合わせる。只次郎は、「大丈夫ですよ」と鷹揚に笑って見せた。

「ちゃんと奉行所に届けておきますから。熊吉、すまないけど掃除を手伝ってくれるかい」

「あの、私も」

「お妙さんは食べ物を扱うんですから、においがついてはいけません。我々でやりますよ」

そう言って、まだ怯(おび)えている熊吉の頭をぽんぽんと叩く。

その扱いに腹を立てたらしく、やっといつもの調子を取り戻したようだ。

「オイラだって、便所くさくなりたかねぇよ!」と、熊吉は精一杯強がった。

川開き

一

盛んに湯気を吹き上げる薬缶に、さらさらさらと茶葉を振り入れる。「京都烏丸本家〜、枇杷葉湯〜」という売り文句で知られた、枇杷葉湯である。

　枇杷の葉に、肉桂や甘草などの生薬を加えた薬用茶だ。本店は京都烏丸にあり、江戸でも夏になると枇杷葉湯売りが担い箱を担いで売り歩く。

売り文句はさらにこう続く。「第一は暑気を払え、寝冷え、霍乱、頭痛と眩暈、たちくらみ、子供衆には五疳と驚風、女中衆には産前産後かた血のみち、胸のいたみ、しぼり腹には下し腹、はらはら一切の妙〜薬〜」

梅雨寒が続いた皐月も下旬となり、急に暑くなってきた。そのせいか、このところ頭が少しぼんやりする。気候や天気に体の調子が左右されるのは、歳を取った証であろうか。

私ももう、三十路だものねぇ。

薬くさい湯気のにおいを嗅ぎながら、お妙はため息をひとつ落とす。火を使っているからさらに、じめっとした暑さが首回りにまとわりついてくる。いよいよこれから夏本番だ。疲れるにはまだ早いと、枇杷葉湯の行商を呼び止めた。

産前産後の女にもいいというから、大袋を買い求めて半分は裏店のおえんに分けてやった。娘のおかやは、ちょうど六月。赤子につきものの汗疹にも、濃く煮出した煎じ汁が効く。

薬缶の湯が半分になるまで煮詰めてから、お妙はそれを濾して土瓶に移し替えた。こうしておくと、いつでも飲める。さっそく茶碗に一杯飲んで、ふうと息を吐き出した。

沸かしたてで熱いのに、喉を通った直後には涼やかさを覚える。朝一番にこれを飲むと、魂があるべきところにすとんと落ちつくような心地がした。

枇杷はそもそも、大薬王樹。様々な薬効があることで知られている。庭に枇杷がある家は病人が絶えないという縁起の悪い言い伝えも、そもそもは薬効のある葉を求めて病人が集まって来たのが曲解されたのではないかと思う。

「お妙さん、おはようございます」

風を入れるため開け放しておいた戸口から、只次郎が顔を覗かせた。そろそろ呼びに行こうと思っていたところだ。熊吉もその後に続き、「おはよう!」と店に入ってくる。梔子色の実がこんもりと盛られた竹笊を、両手で抱えるようにして持っていた。

「おはようございます。あら、枇杷の実がたくさん」

「うん。うちの旦那様から、お妙さんにって」

只次郎の『春告堂』に毎日通うようになった今も、熊吉は薬種問屋俵屋の奉公人である。俵屋の中庭には、立派な枇杷の木が生えているそうだ。

ちょうど美味しい実のなる季節。瑞々しい実もまた喉を潤し、咳を止める効能がある。そしてなにより、味がいい。

「まぁ、嬉しい。ありがとう」

「兄ちゃんがさ、ここ来る前に、十ほど食っちまったんだけど」

「こら、熊吉。それは言わない約束だろう」

熊吉が『春告堂』に通うようになり、早ふた月。主従というより兄弟のような気安さで、二人は仲良くやっている。

「あら、じゃあもう朝餉はいりませんか？」

「なに言ってるんです。もちろんいただきますよ！」

今日の朝餉は、若布粥とぜんまいの梅煮、昨日の残りの鯵の南蛮漬け。

くすくすと笑いながら、お妙は「すぐご用意しますね」と調理場に入った。

枇杷の実はお尻の側に爪を立てると、するすると手で剝ける。表皮と同じ色をした果肉にかぶりつけば、甘く爽やかな汁がじゅわっと口の中に広がった。

「うーん、美味しい」と、お妙は頰を持ち上げる。

種が大きいので、食べられるところはあまりない。それでも果汁は手首に滴るほどたっぷりと含まれていて、体の熱を取ってくれる。朝餉を食べたばかりでも、つい、二つ三つと手が伸びてしまう。

「この種が、もっと小さければなぁ。柿の種より大きいよ」

熊吉が顔をしかめ、種の周りを覆う薄皮をペッと吐き出した。

「そうだろう。だから十や二十食べたって、なにもおかしなことはないよ」

「いや、二十はさすがに多いだろうよ」

枇杷の実はもう充分とばかりに、只次郎は枇杷葉湯を飲んでいる。暑い中商いのために家々を回る身にも、この薬湯は有用だ。土瓶から自分で二杯目を注ぎ、商いの話をしはじめた。

「枇杷葉湯といえば、茶碗一杯を無銭で振る舞うのがあたりまえになっていますね」

それはすでに、慣れ親しんだ光景だ。枇杷葉湯売りの担い箱の中では常に薬缶が温められて、先ほどの口上と共に、往来の人々に振る舞われる。あの姿が見られるようになったのは、たしか天明のころからだ。

「京の本店から江戸に出てきて、宣伝のためにやっているんでしょうけども。なかなか思い切ったことをしますよね」

商い指南をはじめた只次郎には、そういった試みがあらためて面白く目に映るのだろう。新しいものを広めるには、それなりの工夫がいる。

「でも、あれで儲けが出ているんでしょうか。無銭で飲んで行く人ばかりですけれど」

お妙が大袋を買ったときも、周りの者は皆無料の一杯だけを飲んで去って行った。独り者などは特に、家で煮出すより路上で一杯のほうが手っ取り早い。女の数が少ない江戸ではおそらく、京より独り者は多いだろう。

「どうにか出てはいるんでしょうね。でも往来の一杯も、そろそろ銭を取るようになると思いますよ」

「あら、そうなんですか」

「枇杷葉湯売りの姿はすでに、江戸の夏の風物として根づいた感がありますからね。そうなればもう狙いどおり。喉を潤すために、そうですね、一杯四文くらいなら文句を言いつつも出すでしょう」

只次郎の商いの勘は、近ごろますます冴えている。聞いているうちに本当に、枇杷葉湯はそのうち一杯四文になると思えてきた。この説得力は、商い指南の経験によるものか。

毎日忙しそうにしているところを見ると、商い指南はうまくいっているらしい。だがそのせいで、いらぬ恨みを買っている。『春告堂』の前に汚物が撒かれていたのは、ちょうどひと月前のことだ。

只次郎は平気そうな顔をしていたが、その後どう決着がついたのか、それともついていないのか。万が一身に危険が及ぶようなことがあってはと、毎日やきもきしている。だが商いのことゆえに、あまり首を突っ込んで聞くのも憚られた。

いや、違う。きっと数年前ならば、「水臭いじゃないですか」と話を聞き出そうとしただろう。あのころの只次郎は、若く、頼りない弟のようだったから。

それなのに今は、不用意に踏み込むのが躊躇われる。それはきっとお妙が只次郎を、一人前の男と見做しているからなのだろう。

手前で看板を掲げている男が、取引相手のことを余所に洩らしては信用にかかわる。だからお妙はぐっと、聞きたい気持ちを堪えていた。

その代わり、朝日が覚めると真っ先に、『春告堂』の前が汚されていないか見てしまう。夕刻になり只次郎が怪我ひとつなく帰ってくると、今日も無事だったと胸を撫で下ろした。

もう、己の心を偽っていてもしょうがない。お妙は只次郎に惚れている。だからといって、どうにかなるつもりはない。只次郎はまだ若く、身分も違う。御母堂様にも釘を刺されている。

ただそっと、近くで見守っていられればいい。お妙の作った料理を、美味しそうに食べてくれるだけで満足だ。いつか来る別れの、その日まで。

「あ、お妙さん。枇杷の汁が」

そんな思いも虚しく、肘の先まで伝った汁を只次郎の指の腹で拭われただけで、鼓動が跳ねた。着物の袖をたすき掛けにしたままだったことが、急にはしたなく、恥ずかしいことに思えてきた。

「あっ！」と叫んでしまったのは、只次郎が濡れた指をぺろりと舐めたからである。わざとそうしたわけではないのだろう。お妙の声に只次郎も驚き、たちまち頬を赤くした。

「すみません、つい」

とぞっぽを向いてしまった。

「こ、こちらこそ」

顔が熱くて、只次郎の目をまともに見られない。若い娘でもあるまいに、もじもじとそっぽを向いてしまった。

「オイラ、小便！」

やってらんねぇとばかりに、熊吉が席を立つ。今二人きりにしないでと、お妙は縋るような目でその背中を見送った。

二人きりで、なにを話せばいいものか。かといって無言では落ち着かない。

「あの、楽しみですね。明日」

幸い、只次郎がぎこちないながらも話を切りだしてくれた。お妙はほっとして、

「そうですね」と頷く。

明日二十八日は、両国の川開き。夕涼みの舟が大川を埋めつくし、次々と打ち上がる花火に「玉や」「鍵や」の声が上がる。いつも花火の音ばかりを聞いているが、今年は舟を仕立てるのでご一緒しませんかと、ご隠居に誘われている。

向島に紅葉を見に行こうという約束が火事でうやむやになってしまったので、その埋め合わせだという。お妙への慰労の意味合いもあるので、食事は料理屋の仕出しだとか。遠慮せず、身一つで来てくれとのことである。

「ええ。でも少し、申し訳ないような」

ご隠居をはじめとする旦那衆には、神田花房町代地に店を出すにあたり、ひとかたならぬ世話になっている。むしろこちらから礼をするのが筋ではなかろうか。

しかし只次郎は、「いいんですよ」と微笑んだ。

「せっかくご隠居がご馳走してくれるんですから、腹一杯食べましょう」

ご隠居は、お妙を喜ばせたいだけなのだ。ならばその好意を、素直に受け取るのも大事である。

それでもなんとなく後ろめたいのは、只次郎と共に見る花火を、心密かに楽しみにしているせいだろうか。

己の浅ましさを隠しつつ、お妙は「ありがたいことですね」と笑った。

二

鯒が入ったら知らせてほしいと、ご隠居から頼まれていた。

上から押し潰されたかのように平べったい頭をした魚で、海底の砂のような色をしている。お世辞にも見目がいいとは言えないが、白身の上品な魚で、特に菖蒲が咲くころに美味しくなる。

身だけでなく、アラなどを煮たときの出汁も絶品で、「夏河豚」の異名を取るほどだ。前もって出入りの魚屋に頼んでおいたのが、ちょうど今朝になって届いた。

「そりゃあ私もね、若いころにゃ当たったらそれまでと思いつつ河豚を食べたもんですよ。しかし老い先短くなってみると、命が惜しい。あまり無茶なこともできませんでね」

朝のうちに熊吉を遣って知らせておいたら、ご隠居は昼の客がすっかり片づいた夕刻にやって来た。

河豚の別名は、鉄砲だ。その由来は、「いつ当たって死ぬか分からない」。それでも食べてしまう命知らずが、毎年何人も死んでいる。一か八かにかけてまで食べたいと思うほど、河豚が旨いということだ。

お妙は河豚を食べたことがない。料理人としても、人が死ぬかもしれぬものを扱えない。ただこうして「夏河豚」に河豚の思い出を重ねるご隠居を見て、よほどの美味なのだろうと想像するばかりである。

「明日が川開きだから、知らせても来ないかと思ったけどねぇ」

「なにをおっしゃいますやら。もちろん来ますとも」

給仕のお勝に笑われても、ご隠居はどこ吹く風。鮪は夏が旬だからまた入ってくるだろうに、次の機会を待つことはできなかったようだ。

「オイラが知らせに行ったら、飛び上がって喜んでたもの」と、口を挟んだのは熊吉である。俵屋から『春告堂』に貸し出されているはずだが、ほとんどいつも『ぜんや』にいる。『春告堂』の表戸には、『御用の方は隣の居酒屋ぜんやまで』という貼り紙がしてあった。

それを見て客が訪ねてくれば、熊吉が応対する。だがそうでないときは、前掛けを着けて料理や給仕の手伝いをしてくれる。その働きには、ずいぶん助けられている。

「ここに来ると熊吉がいるというのも、はじめは変な感じでしたが、だんだん慣れてきましたねぇ」

「店主の留守を守るのも、仕事のうちですので」

相手がご隠居だから少しばかり口調をあらため、熊吉はおどけたように肩をすくめる。しかしその言い分では、道理が通らない。

「なにを言っているの、小熊ちゃん。留守を守るなら、『春告堂』にいなきゃ」

「オイラもそう思うんだけど、兄ちゃんがさぁ」

「どうせ『私が留守の間はお妙さんを頼むよ』とかなんとか、格好つけたことを言ったんだろ」

「そう！　どの立場からものを言ってんのかと、オイラちょっと耳を疑っちまったよ」

お勝の当て推量に、熊吉がそのとおりと手を叩いた。ご隠居は「よいせ」と掛け声つきで小上がりに落ち着き、汗ばんだ顔を扇子で煽ぐ。

「なぜかすっかり亭主気取りですねぇ。お妙さん、これはピシッと言ってやったほうがいいですよ」

「でもほら、この子だってまんざらじゃないんだから」

まさか、顔に出ていたか。お勝に視線を向けられて、お妙は思わず両手で頰を押さえる。頭に思い浮かんだのは、三文字屋の白粉包み。うっとりと色に酔ったような表情は、見るたびに羞恥が込み上げてくる。

「んもう、変なこと言わないで。ねえさんは、お酒の準備！」

どうにか頭を切り替えて、お勝に仕事を言いつける。お勝もそれ以上は踏み込まず、「はいはい」とご隠居の置き徳利を取り上げた。

さて、ご隠居が満足するような、鯒料理を供さねば。お妙は前掛けの紐を締め直し、調理場へと向かう。

茗荷の甘酢漬け、烏賊と青ネギのぬた、卵豆腐、胡瓜と麩の辛子和え。鯖を捌いている間に食べてもらおうと、料理をそれぞれ彩りよく盛りつける。その最中に、「邪魔するぜ」と戸口に客が立った。

「おいでなさいませ」と、お妙は弾かれたように顔を上げる。そこに立つ人物を認めてから、そういえば知っている声だったわと思い返す。

「まぁ、柳井様。お久しぶりです」

粋人風の、細身に仕立てた着流し姿。孫のいる歳ながら、顔に刻まれた皺の一本一本にまで色気がある。二本差しの侍ではあるがこの様を見て、誰もこの人を吟味方与力とは思うまい。

『ぜんや』に来るのは久方振りだ。この花房町代地に移ってからは、はじめてである。

「んまぁ、旦那。アタシャ、もうすっかりお見限りかと思いましたよ」

お勝が冗談で似合わぬしなを作る。熊吉が「うげぇ」と蛙が潰れたような声を発したが、柳井様はその程度では動じない。

「寂しがらせちまって悪かったなぁ、お勝さん。しかしどうも、林の小倅がいると思うと、足が遠のいちまってよぉ」

小倅とは、只次郎のことか。柳井様から見れば、娘婿の弟である。

「なんだい、仲違いでもしたのかい？」

「そうじゃねぇけどよ。あいつの顔は当分見たくねぇんだよ」

これはどうも、穏やかではない。ふざけていたお勝も、「おや」と表情をあらためた。

「あの野郎、可愛い盛りの俺の孫娘を、奥なんぞに上げやがって。おかげでちっとも会えやしねぇ」

いかにも憎々しげに、柳井様が拳を握りしめる。只次郎の勧めで姪のお栄は、御年寄の部屋子として大奥に上がった。早いもので、奥勤めもそろそろ二年目になる。会ったことはないが、利発な子だと聞いている。

「呆れた。まだそんなことを言ってんのかい」

お勝がやれやれと首を振る。柳井様は「うるせぇ」と唇を尖らせた。

「楽しみを奪われた爺ぃの恨みは深いんだよ」

お栄が奥に上がって以来、只次郎とはなるべく顔を合わせたくないと、『ぜんや』から足が遠のいていたらしい。だが先日たまたま会った升川屋に、近ごろ只次郎が留守がちだと聞いて、久し振りにお妙の顔を見に行こうと思い立ったということだ。

「そんなわけで、見舞いが遅くなっちまってすまねぇな。いろいろあったろうが、

『ぜんや』がなくなっちまわなくてよかった」

「ありがとうございます。皆さんのお力添えで、どうにかやっております」

「ああ、聞いてるぜ。それもあの小倅の案だろ。まったく、小賢しいったらねぇな」

今の『ぜんや』は、馴染みの旦那衆が金元だ。只次郎に腹を立てつつも、柳井様はそのことをちゃんと知っていた。仕事柄、耳聡いお人である。

「まぁまぁ、柳井様。林様はまだ当分帰ってきませんから、こちらでご一緒しませんか。今日はね、鯒があるんですよ」

「ほほう、鯒」

ご隠居に手招きをされ、柳井様が目を輝かせる。武家は河豚を食すことを禁じられているから、「夏河豚」と言われてもぴんとこなかろう。それでも鯒の旨さは知っている。

「せっかくお越しになったんですから、ゆっくりして行ってください」

「本当に、小倅はまだ帰らねぇんだな?」

「まったく、どれだけ顔を合わせたくないんだか。ほら、さっさと座った座った」

ぬるめに燗をつけたちろりを持って、お勝が柳井様を追い立てる。そうなると色男もかたなしで、「へいへい」と素直に小上がりへと収まった。

三

小鉢に盛られた料理を熊吉が運び、小上がりで酒宴がはじまった。その間にお妙は、平べったい鯒を捌く。

おかしな形をしているので少し捌きづらいが、慣れてしまえばどうということもない。怪我をしないよう鋭い背鰭や鰓蓋の棘を先に落とし、水で洗いながら鱗を引く。それからまな板に乗せ、胸鰭から包丁を入れて大きな頭をごとりと落とした。

鯒はこの頭部にある、頰肉が絶品とされている。だから見た目が悪いからといって、決して捨ててはいけない。ひとまず頭を真っ二つに割って、綺麗に洗って脇に除けておく。

さて鯒の腹を開けてみれば、雌だったらしく、艶々とした大きな卵を抱いていた。これはいい。甘辛く煮つけてしまおう。

お妙は手早く鯒を三枚に下ろし、皮を引く。頭や中骨などのアラは鍋にすると素晴らしくいい出汁が出るが、暑いので潮汁にしよう。塩を振って、馴染ませておく。

「お、なんでしょう。醬油と酒を煮詰めたにおいがしますよ」

ご隠居が小上がりで首を伸ばし、すんすんと鼻を鳴らす。鯒が楽しみで、待ちきれぬ様子である。

「小熊ちゃん、この桶に水を汲んできて」

この先は、汲みたての冷たい水がいる。熊吉は手桶を受け取ると、「がってんだ！」と勝手口から飛び出していった。


平皿を二枚、小上がりに並べる。

片方は鯒の薄造り。皿の色が透けるほど、ごく薄く削いである。もう片方は洗いだ。薄造りよりは厚めに切って、身が爆ぜるほどの冷水でキュッと締めた。

お妙はさらにその脇に、小皿を並べる。

「こちら、山葵醬油に梅醬油、辛子酢味噌です。お好みでお召し上がりください」

「これこれ！ まさにこれが食べたかったんですよ！」

ご隠居はお妙が喋り終えぬうちに、もう箸を取っている。梅醬油は梅の実を醬油に漬けて、風味とほのかな酸味を移したものである。

「ほう、芸が細かいねぇ」と、柳井様も盃を置いて箸を取り上げた。

ご隠居がまず、薄造りを一枚。山葵醬油につけて食べる。

「ああ、旨い。しこしことした歯ごたえで、噛むほどに旨みが出てきます」

「洗いはこりこりとして、なんだろうな、甘みがあるな。梅醤油の酸味が絡んで、妙に旨ぇ」

柳井様もまた、洗いを食べて目を細めている。

「ああ、本当ですね。酸味と合います。じゃあ辛子酢味噌は、うん、爽やかな身にコクが加わって、これまた旨い」

「造りはこれ、二、三枚いっぺんに食ったほうが歯ごたえがいいんじゃねぇか」

「ああ、待ってくださいよ。そんな一気に。ああっ！」

そこからはもう、身分の差も忘れて競うように食べだした。時折盃に手を伸ばし、口の中を酒で洗ってふうと息を吐く。涼やかな鮪の身は、夏の肴にふさわしい。

二人で一尾は多いかと思ったが、ご隠居も柳井様も「旨い、旨い」と取りつかれたように呟きながら、ぺろりと平らげてしまった。どうやら酒も尽きたようで、お勝が新しいちろりを運んでくる。

「相変わらずの健啖ぶりだねぇ」とからかわれても、ご隠居は平然と言い訳をした。

「これは、鮪が悪いんですよ。するんするんと、まるで水のように喉を通ってしまう。まだまだ足りないくらいですよ。ねぇ、柳井様」

「そうだなぁ。鯒ってのは、癖が少なくて上品だもんな」

お勝の酌を受けながら、柳井様もまだ食い足りない様子を見せる。新しくなった酒に合わせ、お妙は真子（卵）の甘辛煮をそっと差し出した。

「では、少し舌に引っかかりのあるものを」

「ああ、さっき醤油のにおいがしていたのはこれですか」

濃口醤油と酒で、こっくりと煮つけてある。ご隠居が皿を引き寄せて、その香りを吸い込んだ。

淡泊な身の後で、むっちりとした真子である。柳井様がさっそく箸で切り分けて、

「おお」と目を見開いた。

「あえて中まで火を通してねぇんだな。これは下手に箸を入れず、かぶりついたほうが旨いかもしれねぇ」

「ああ、本当だ。歯で嚙み切ると、外側のぷちぷちしたところと、真ん中のふんわりしたところが楽しめますね」

「これはまた、酒が進むねぇ」

お勝がちろりを置いても、ご隠居と柳井様は互いに差しつ差されつしている。それを見て熊吉が気を回し、次のちろりを銅壺に入れて温めはじめた。

「卵があるってこたぁ、この鯒は雌だったんだな」

ほどよく酔いが回ってきたのか、柳井様がそんな、あたりまえのことを言う。「そのようですね」と応じると、色気の滲んだ流し目をこちらにくれた。

「お妙さん、知ってるかい。鯒ってのはさ、ずいぶん夫婦仲のいい魚らしいぜ。なんでも常につがいで暮らしていて、先に雄が釣れると必ずその片割れの雌も後から釣れるそうだ」

それはまた、切ない話である。片割れの姿を探してうろうろしているうちに、同じ罠にかかってしまうのか。そういえば、昼間に捌いた鯒は雄だった。この鯒とは、夫婦だったのかもしれない。

しかしお勝は、「まぁ、なんて馬鹿な魚なんだろう」と目を剝いた。

「アタシだったら亭主が釣り上げられちまったら、こりゃ危ないと真っ先に逃げるけどね」

お勝の亭主の雷蔵は、実直な男だ。立場が逆なら、きっと心配してお勝の後を追うだろう。それなのに、なんとも薄情な言い草だった。

「ああ、うちもだ。俺のことなんざ、さっさと見限っちまうんだろうな」

「私の死んだ女房も、そんな殊勝な女じゃありませんでしたねぇ」

柳井様とご隠居も、そう言って笑い合う。話の中身とは裏腹に、やけに愉快げである。

「でもまぁ、それでいいんだよ。無事に逃げおおせてくれたほうが安心だ。俺が鯒なら、『こっちに来るんじゃねぇ！』と叫ぶね」

「そうですねぇ。自分に続いて女房まで釣り上げられた姿なんか見ちまったら、悲しみが深くなるばかりですよ」

「だろう。男と女が逆でもそうさ。なんでアンタまでついて来ちまうんだよ！　って話さ」

言われてみれば、たしかにそうだ。先に釣り上げられた側は、連れ合いの犠牲など望まない。それでも後に残されるほうは、やはりすぐには立ち去れないのではないだろうか。

「あの、こんな話をしていたら、鯒が食べづらくなりません？」

まだとっておきの、潮汁が控えている。お妙がおずおずと切りだすと、ご隠居も柳井様も、揃って（そろ）ハッと息を吞（の）んだ。

「うん、こりゃあ旨ぇ！」

大ぶりの椀(わん)によそった汁を啜(すす)り、柳井様が息継ぎをするようにぷはっと顔を上げた。

味つけは塩だけの、素朴な潮汁。浮き実は葱(ねぎ)をぱらりと散らしただけだ。白身の魚は、これが特に美味しい。

「味噌仕立てにしても旨いでしょうが、鯒の出汁の奥深さを味わうなら、塩だけがいいですねぇ」

ご隠居もずずっと啜り、感じ入ったように目を閉じた。出汁の風味を口いっぱいに行き渡らせて、ふうっと肩の力を抜く。美味しい出汁には、体の強張(こわば)りをほぐす力がある。

鯒の哀れな習性はいったん頭から追い払い、二人とも、一心不乱に汁を啜る。生臭くならないようアラはあらかじめ霜降りにし、決して煮すぎないようにして、最後にさっと生酒を入れた。出汁だけでなく、もちろん身も美味である。

「またこの頬肉が、ぷりっとして旨いこと！」

「なんでも食通の大名が一度に数十四の鯒を食べたが、頬肉にしか箸がつけられてなかったっていう、本当か嘘(うそ)かよく分かんねぇ話があるらしいぜ」

「おお、なんと贅沢(ぜいたく)な！」

頬肉など一尾の鯒から、ほんの少ししか取れない。だからこそ珍味とされているのだろうが、それにばかりこだわって、他の部位の旨さを知らないとは愚かである。

「そんなものは、食通とは言えませんね。こうやって、骨の髄まで吸い尽くしてこそですよ！」

鮪が入るのを楽しみにしていたご隠居は、アラの身を丁寧にこそげ取り、骨までちゅうちゅうとしゃぶっている。行儀は悪いが、作り手としてはそこまで堪能してくれたほうが嬉しい。気持ちのいい食べっぷりだ。

「ああ、旨かった」とご隠居が箸を置いたときにはもう、太い骨しか残っていない。目玉や皮まで、綺麗に食べてしまったようだ。

「どうしましょう。出汁がまだ残っているので、雑炊などもできますが」

「それは素晴らしい。いや、でもその前に、酒をもう少しいただけますか」

「かしこまりました。じゃ、軽くつまめるものもお出ししますね」

まだ飲み足りないご隠居のために、お妙は蒲鉾を切ってやる。その脇に、擂りたての山葵をちょんと載せた。それを熊吉が引き取って、小上がりに運んでゆく。

蒲鉾の皿を折敷に置いてから熊吉は、「あの、柳井様」と声を発した。

「お尋ねしたいことがあるんですが」

相手が与力とあって、さすがに頬を引き締めている。

柳井様は酒に潤んだ目で、熊吉をまじまじと見返した。

「お前さんはたしか、俵屋の」
二、三年前に旦那衆と蕎麦を打ったときに、熊吉と柳井様は顔を合わせていたはずだ。仕事柄、柳井様は人の顔をよく覚えている。
「はい。主人の言いつけで、今は『春告堂』の手伝いをしております」

「『春告堂』？　ああ、そうだ。あの小倅が、店なんぞ持ちやがったんだよな！」

只次郎を避けてはいても、噂は耳に入れている。柳井様は、「猪口才な」と言って顔をしかめた。

「ええ、そうです。その店から御番所に、訴えがあったと思うのですが」

「訴え？」

柳井様が器用に片眉を持ち上げる。熊吉の言わんとしているところを悟り、お妙は
「ええ、先月の」と言葉を足した。

只次郎の商い指南で儲けた店の商売敵が、『春告堂』に嫌がらせをしてきたらしいこと。その件で御番所に、届けが出ているはずだということ。

話を聞きながら柳井様は、「嫌がらせというのは？」と問うてきた。

「お食事中に失礼します」

そう断ってから、汚物が撒かれていたことを告げる。

「うわ、そりゃひでぇな」

思わず想像してしまったのか、柳井様は「うへぇ」と白目を剝いた。

「はい、掃除も本当に大変でした。二度とあんなことがないように、きつく罰してほしいのです」

両の手を握り合わせ、熊吉が切に訴える。あのときの熊吉は、すっかり怯えてしまっていた。戸口に汚物を撒くような相手が、まともであるはずがない。ならば次は、もっと恐ろしいことが起こるかもしれない。

その前に、御番所に動いてもらいたいのだ。

「そうだな、気持ちはよく分かる。だがそんな訴え、出てたかな」

柳井様は首を傾げ、ぐりぐりとこめかみを揉んだ。

「先月なら、北町奉行所は非番だ。とはいえ身内のことなら、少しは耳に入ってきそうなものだがな」

北町奉行所と南町奉行所は、月番制。毎月どちらか一方が大門を開き、新たな訴訟を受けつけている。先月届けを出したなら、南町奉行所が受理したことになる。

しかし柳井様は南町奉行所に息のかかった者を潜り込ませており、特に身内に変事があったのなら、報(しら)せてこないはずがないと言う。

「念のため、たしかめてはみるが。あいつは本当に、届けを出したのかい？」

届けを出すところを、見たわけではない。只次郎がそう言ったから、出したものと思っていただけだ。

あらためて問われ、お妙と熊吉は顔を見合わせた。

四

翌日は幸いにも、雨の心配はなさそうな晴天に恵まれた。

花火が打ち上がるのは日が暮れてからだが、涼み舟は夕刻から、雲霞(うんか)のごとく大川に漕(こ)ぎ出してゆく。またたく間に川面(かわも)が舟で埋め尽くされるので、早めに行かないといい場所が取れない。ご隠居からは、「遅れないでくださいね」としつこいほど念を押されていた。

「じゃあな。涼み舟、楽しんできなよ」

「カク」や「マル」といった昼の客が、気持ちよく酔って帰ってゆく。来るのが遅くなってあまり飲めなかった者も、「お妙さんにだって、たまにゃ気晴らしが必要さ」

と快く早仕舞いに応じてくれた。

昼八つ半（午後三時）には、外に出しておいた看板障子を仕舞う。後片づけをしてから家を出ても、夕七つ（午後四時）には指定の船宿に着くだろう。

洗い物は熊吉がやってくれると言うのですべて任せ、お妙は店の前を掃く。箒を使いながら隣の『春告堂』を横目に窺えば、表戸には留守を示す貼り紙が貼られたままだ。只次郎は、今日こそ早く帰ると言っていたのに。

「まだ帰ってないのかい」

申し訳程度にハタキを持ったお勝が、戸口から顔を覗かせる。お妙は「そのようですね」と頷いた。

忙しいのは分かっている。商い指南は頼んだ側も、素直に聞き入れてくれる者ばかりではない。今までのやりかたをがらりと変えられては、受け入れがたいこともある。だから只次郎はじっくりと腰を据えて、話し合いを重ねている。相手の要望を聞き、摺り合わせ、納得が得られるまで何度でも足を運ぶ。

もう少しで話がまとまりそうだとなれば、切り上げて帰るのは難しかろう。間に合わないなら、しょうがない。お妙が少し、寂しいだけだ。

「けっきょく、御番所への届けはどうなってたんだい？」

お勝が汚れてもいない戸口の柱をハタキで撫でつつ、気がかりを問うてくる。

柳井様は昨日、雑炊を啜って満足すると、本当に只次郎が戻る前に帰っていった。南町奉行所にたしかめてみると言っていたが、昨日の今日でまだ報せは届いていない。

だが只次郎を問い詰めると、すんなりと白状した。

「出していないそうよ」

なんでも嫌がらせは『春告堂』だけでなく、商い指南で儲けた店にも及んだらしく、処置はそちらに任せることにしたという。ゆえに『春告堂』としては、動くつもりはないようだ。

「つまりまだ、なにも片づいていないってことじゃないか」

お勝が「馬鹿だね」と苦い顔をする。いったい、どこの店同士の諍い(いさか)に巻き込まれたものやら。それだけは只次郎も、「仕事のことなので」と口を割らない。

「本当に、妙に律儀なところがある人で」

「違うよ。馬鹿だねってのは、アンタに言ったんだよ。もっと、踏み込んだっていいんじゃないのかい？」

恋しい気持ちを隠したところで、それに気づかぬお勝ではない。互いに想(おも)い合っているというのに、一線を越えようとはしないお妙をもどかしげに睨(にら)む。

朝も綺麗に掃いたから、塵（ごみ）はあまり集まらない。それでもお妙は腰をかがめ、塵取（ちりと）りを使う。

「でもあの人、お侍なのよ」

「アンタってば、まったく」

お勝から返ってきたのは、盛大なため息だった。

けっきょく家を出る刻限になっても、只次郎は帰ってこなかった。

「まったく、兄ちゃんはしょうがねぇな。どこで油を売ってんだか！」

熊吉は頭から湯気が出るほど怒っていたが、それでも『春告堂』に貸し出されている身ゆえに、只次郎を待つという。

どのみち涼み舟の頭数に、奉公人の熊吉は入っていない。花火くらいは見たいだろうに、「あんなもん、わざわざ人に揉まれに行くようなもんさ」と強がった。

だがその言い草は、的を射ている。舟も人も日暮れ時を目指して、江戸中から集まってくる。大川の両岸には人垣ができ、大橋の上も鈴生（すずな）りだ。まして舟などは、もはや櫓（ろ）を押すこともできない。

「これは、凄（すさ）まじいですね」

　大川の中ほどに漕ぎ出したまま身動きが取れなくなった屋形船の上で、お妙はきょろきょろと周りを見回す。

　見渡すかぎり、舟、舟、舟。大きさや形に違いはあれど、それぞれに艫(とも)や舳先(へさき)を触れ合わせ、岸までずらりと連なっている。その混雑たるや、舟から舟へと渡り歩いて岸までたどり着けそうなほどである。

　それぞれの舟から三味線(しゃみせん)、笛、太鼓などの音が、途切れることなく流れてくる。あっちは端唄(はうた)、こっちは常磐津(ときわず)、重なり混ざって、なにがなにやら分からない。

「お妙さんは、涼み舟ははじめてですか？」

すぐ向かいに座るご隠居の声も、耳を澄まさねば聞き取りづらい。

「はい、そうです」と、お妙は心持ち声を張り上げた。

　店があったので、川開きといっても花火を遠くから眺めるくらいのものだった。思い返せば亡き夫の善助は、人が多く集まるところにあまり行きたがらなかった。万が一にも自分を覚えている者と出会ってしまわぬよう、気を配っていたのだろう。お妙としても店の料理を考えていたほうが楽しかったので、べつにそれで不満はなかった。

「はじめてです。こんなに近くで花火を見るのは」

「そうでしたか。まぁゆっくり楽しみましょう。なにせ夜は長いですから」

俵屋が、蒔絵のついた立派な提重箱から漆塗りの盃を取り出す。徳利や取り皿まで、ひと揃いになっている。

「酒ならたんまり持ってきたからな。朝までいけるぜ」と、意気込んでいるのは升川屋。揺れる舟の上では、酔いも早く回りそうだ。

「冗談ではなく本当に、明烏の声を聞くまでは身動きが取れないからね」

こうなったら腰を据えて飲むしかないと、三河屋が赤黒い顔を光らせて笑う。周りの舟が捌けないかぎり、お妙たちも帰れない。これは、えらいことになってしまった。

「それにしても、残念ですね。林様が来られないとは」

後で振る舞うつもりのカステラの木箱を脇に置き、三文字屋が只次郎の不在を惜しむ。船宿でも少し待ってみたが、やはり間に合わなかったようだ。

「あの人は、今が頑張り時なんだろうねぇ。まぁ、こういうこともあるだろうさ」

お妙の隣に座るお勝が、珍しく只次郎の肩を持つ。商いに目鼻がつくまでは、遊んでいる余裕はないということだ。

旦那衆たちにも、そんな時期はあったのだろう。「しょうがないですね」と鷹揚に頷き合っている。

「ならばご馳走にありつけないのも、自業自得ということで」

屋形船の床は、畳敷きになっている。ご隠居はそこに仕出しの五段重を置き、にやりと笑った。

「いよッ、待ってましたぁ！」

威勢よく、合いの手を入れたのは升川屋。こちらも徳利に詰めた酒を、注ぎはじめている。

皆が固唾を呑んで見守る中、ご隠居が重箱を開けてゆく。名のある料理屋のものだというから、お妙も後学のためと見入った。

まず一の重は、一面の二色卵。茹で卵を黄身と白身に分けて濾し、何層かに重ねて蒸したものだ。

二の重は、蒲鉾、伊達巻き、田楽豆腐。三の重は鯛の木の芽焼き、紅白膾、椎茸の笠揚げ、海老真薯。与の重は照りの映えた野菜の煮染め。五の重は控えとして、上に詰めきれなかった分を彩りよく詰めてある。

「おお、こりゃあ旨そうだ」

思わず舌舐めずりをしたくなる料理の数々。屋根の上にいたはずの船頭も下りてきて、羨ましげに覗き込んでくる。

いつの間にか唐破風の屋根から吊り下がる提灯に、灯が入っていた。岸辺の並び茶屋の絵灯籠（えどうろう）や、軒下の提灯もぽつぽつと灯（とも）りはじめている。

夏の夜も、紗（しゃ）が一枚かかった程度に暮れてきた。だがここからは早いだろう。

「あれ、熊吉じゃねぇか？」

遠くはすでにぼやけて見づらいのに、升川屋が目を眇（すが）めて西岸を指差した。よく見えるものだと感心しつつ指の先を目で追ってみれば、たしかに人垣の前に躍り出た、少年らしき姿が窺える。

「ああ、本当だ。どうしたんでしょう」

俵屋が訝（いぶか）しげに眉を寄せる。なにか、急ぎの用でもあるのだろうか。

「あいつも、この舟をよく見つけたな。ん、なんか叫んでるぞ」

屋形船には、それぞれの船宿の名を大書した提灯がぶら下げてある。とはいえ、このひしめく舟の中で見つけるのは至難の業に違いない。

升川屋は向こうからも見えやすいよう屋根の下から出て、舟の舳先に立った。「おーい！」と岸に向かって呼ぶ声は、周りの音曲を吹き飛ばすほどの大きさである。この屋形船の周囲の音だけが、ぴたりと止（や）んだ。

「なにか用かぁ？」

そう叫びながら升川屋は、体全体を使って手を振った。しかし互いの声など、とうてい届く距離ではない。

「おい、なにか用かって聞いてるぞ」

「なにか用かってよぉ！」

ところが周りの舟が、声を上げて言伝をしはじめた。熊吉のいる岸に向かって、升川屋の問いかけが波のように繰り返される。

どうなることかと見守っていたら、無事熊吉に届いたらしい。今度は同じようにして、波がこちらに向かってきた。

返事がどんどん近づいてくる。川風に声がかき消され、まだはっきりとは聞こえない。お妙はじっと、耳を澄ませた。

「――が、――巻き込まれ――らしい」

「――侍が、――怪我を――」

切れ切れに聞こえる言葉を、頭の中で繋ぎ合わせてゆく。

侍とは、只次郎のことか。なにごとかに巻き込まれて、怪我をしたようだ。

どくどくと、心の臓が早鐘を打つ。ついに、三つ隣の船頭がこちらを振り返った。

「なんとかいう侍が、辻で滅多斬りにされたってよ！」

血の気がさぁっと、音を立てて引いていった。目が眩んだが、急に立ち上がったせいだと気づいたのは後のことだ。お妙はなにも考えず、脱いであった下駄を摑(つか)んで舳先に立った。

「えっ、ちょっと。お妙さん！」

屋根の下から躍り出てきたお妙に、升川屋は狼狽(ろうばい)を隠せない。

「すみません、通ります！」

舟が動くのを待っていては、朝になる。お妙は無我夢中だった。ひと声叫び、船縁(ふなべり)を蹴(け)って宙に身を躍らせた。

「おおっと！」

飛び移った隣の舟の客が、目を皿のように丸くしている。もはやなりふり構っていられない。お妙は「すみません！」と叫び、すぐに次の舟へと飛んだ。

「おおい、すまねぇ。その姉さんを、通してやってくれぇ」

升川屋の大声が、後ろから追いかけてくる。お妙は白い脛(はぎ)を見せ、舟から舟へと渡ってゆく。

「おお、ずいぶん綺麗な姉さんが来たぞ」

「急げ急げ、早く行ってやれ！」

「まぁ、ごらんよ。アタシの若いころを見るようじゃないか」

おおかたの事情は、先ほどの言伝により広まっている。舟の客たちはまるで芝居でも見るように囃し立て、お妙を送り出してくれた。

しかし大川は広い。たちまち息が上がり、足元が覚束なくなってくる。それでもお妙は気を引き締めて、どんどん前へ進んでゆく。

馬鹿なことをしているという自覚はある。踏み誤れば、たちまち川にどぼんである。

だがこんな気持ちのままで、朝までじっとしていられない。

そうよ、後に残されるほうは、どうしたって遣りきれないのよ！

視界が滲む。お妙は目の縁に溜まった涙を手で払う。

もう二度と、恋しい人を失うのは嫌だった。

あと少し。熊吉の顔はもう、すぐそこにある。

「すみません。そこ、空けてください！」

お妙の気迫に押され、岸辺の人垣が動いた。その空いた所に向かって、お妙は飛ぶ。

熊吉がとっさに手を伸ばし、体を引っ張り上げてくれた。

ドン！

岸辺の土を踏むと同時に、背後で花火が打ち上がる。バラバラと火薬の爆ぜる音がして、人々の注意はそちらに向いた。

「そんなに急いでどうしたんだよ。大丈夫かい、お妙さん」

膝(ひざ)に手をつき、肩で息をしていると、熊吉が背中をさすってくれた。だが、急がずにはいられない。

「林様は？」

苦しい息の下から問いかける。熊吉は泣きだしそうな顔をして答えた。

「家だけど」

それだけ分かれば充分だ。お妙は目の前の人混みをかき分ける。

「すみません、通してください。すみません」

「ちょっと、お妙さん！」

熊吉とは、すぐにはぐれてしまった。凄まじい人出である。押され、揉まれながら、人の波に逆らって、お妙は体を割り込ませてゆく。

「ってぇな。押すんじゃねぇよ！」と小突かれても、歯を食いしばって進んでゆく。

お願いだから、私を置いて行かないで！

必死になって伸ばした手は、愛(いと)しい人にはまだまだ遠い。

五

ドォン、ドォンと打ち上がる花火の音を、背中に聞く。

通りを埋め尽くしていた人影も、和泉橋を越えたあたりからまばらになった。お妙は着物の裾をからげ、ひた走る。

手に持っていたはずの下駄は、いつの間にか無くしてしまった。裸足の足裏が小石を踏んでずきりと痛む。それでもお妙は駆け続けた。

やっと神田花房町代地にたどり着いたときには、胸が張り裂けそうに痛かった。萎えそうになる脚を励まして、『春告堂』の板戸に取りつく。

「林様！」

中に駆け込んでも、一階には誰もいない。土間に只次郎の草履が揃えて置かれているのを見て、二階に駆け上がる。

いた！　手前の部屋の布団の上に、只次郎が身を起こしていた。

「えっ、お妙さん」

驚きを隠せぬその顔には、傷ひとつない。お妙はその場にへなへなと座り込んだ。

「無事、だったんですか」

よく見れば只次郎は諸肌を脱いでおり、左腕には晒し木綿を巻いている。うっすらと血が滲んでいるから、まったくの無事ではない。しかし、思っていたよりずっと平気そうだ。

「お妙さんこそ、どうしたんです！」

只次郎の形相に怒気が混じり、お妙は自分のほうがよっぽどひどい有様なのだと気がついた。着崩れた着物の前をかき合わせ、「違うんです」と首を振る。

「だって、小熊ちゃんが両国に来て」

「熊吉？　真っ直ぐ俵屋に帰っていいと言ったのに、そっちに行ってしまったんですね」

「林様が、滅多斬りにされたって――」

「え、私が？」

自分でも、おかしなことを口走っていると分かる。辻で滅多斬りにされたはずの只次郎が、なぜ家に帰っているのだ。ちょっと考えれば食い違いに気づいたはずなのに、お妙はまったく冷静ではなかった。

「たしかに路上でおっぱじまった痴話喧嘩に巻き込まれて、お恥ずかしながら腕を少しばかり斬られましたが」

只次郎がそう言って、晒しを巻いた腕を指し示す。泥と血のついた着物も、衣桁に引っかけられていた。

「いやだ、私ったら」

あまりにも情けなくて、お妙は両手で顔を覆い隠す。口伝えをするうちに、話の中身がどんどん変わってしまうのはよくあることだ。三つ隣の舟にいたあの船頭は、よっぽど人の話を聞かない性質らしい。

「私が死ぬと思って、慌てて走って来たんですか?」

只次郎が、膝でにじり寄ってくる。疲れきっていて、お妙はもう動けない。

「どうすればこうなるんですか。ずたぼろじゃないですか。ああ、足が切れている」

踝をすっと撫でられて、肩が震えた。

きっと足は、砂埃や泥で汚れている。髪は乱れ放題だし、汗で化粧も流れただろう。

「失礼しました」と言って立ち去って、気持ちを落ちつかせてから出直したほうがいい。

「ねぇ、お妙さん」

只次郎の手が、手首を捉える。抵抗も虚しく、顔を覆っていた手をどかされた。

愛おしい人が、すぐ目の前にいる。こちらに微笑みかけている。ただ、それだけのことなのに――。

「どうしよう。涙が、止まらないんです」

そう言ったとたん、強い力で腕を引かれた。頬に只次郎の厚い胸板を感じる。

ああ、温かい。血が、脈打っている。首筋の、甘酸っぱい汗のにおいを吸い込む。

もっと。もっとと、お妙は只次郎に縋りついた。

外が次第に白みはじめ、お妙は湖面にゆっくりと浮かび上がるように目を覚ました。すぐ隣からすうすうと、規則正しい寝息が聞こえる。首を巡らせてみると、只次郎の寝顔がそこにあった。

くすりと、意味もないのに笑みが零れる。邪気のない寝姿を可愛いと思う。起こさないよう気をつけて、指先でそっと頬を撫でてみた。心なしか熱いのは、刀創による発熱かもしれない。

枇杷葉湯は、たしか切り傷にも効いたはず。濃く煮出して、塗り込んでやろう。

お妙は襦袢の前をかき合わせ、薄い夜着からするりと這い出た。もうしばらくすれば、隣の部屋の鶯たちも鳴きはじめるだろう。その前にいったん、自分の家に戻ろう。

着物を緩く着つけ、乱れた髪を手で撫でつける。只次郎の御母堂様の顔が一瞬頭をよぎったが、首を振って追い払う。自分でも驚くことに、お妙はこうなってしまったことを少しも悔いてはいなかった。

とはいえ早朝に只次郎の家から出てくるところを、顔見知りに見つかるのは恥ずかしい。表の戸を薄く開け、通りに人がいないのをたしかめてから外に出る。闇雲（やみくも）に走ったせいか、体の節々は痛かったが、夏の朝の瑞々しい風は心地よかった。

表は戸締まりをしてあるから、勝手口に回ろうと、開いたばかりの裏木戸を潜（くぐ）る。するとすぐそこに、おかやを負ぶったおえんが立っていた。

「ありゃりゃ、お妙ちゃん」

おかやが夜も明けきらぬうちからぐずりはじめ、外に出てあやしていたのだという。お妙とその来た方とを見比べて、「あれあれあれ？」とわざとらしく首を傾げる。

「ねぇねぇ今、『春告堂』から出てきたよね。ねぇ、お妙ちゃん。ねぇってば」

これは一番厄介な相手に見つかってしまった。お妙は己の浅はかさを思い、頭を抱えた。

「薬食い」「蟹の脚」「家移り」「暗雲」は、ランティエ二〇二〇年五月～八月号に掲載された作品に、修正を加えたものです。

「川開き」は書き下ろしです。

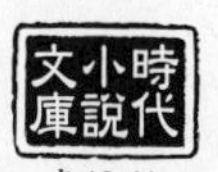

さ 19-11

ほろほろおぼろ豆腐 居酒屋ぜんや

著者 坂井希久子

2020年9月18日第一刷発行
2020年9月28日第二刷発行

発行者 角川春樹

発行所 株式会社 角川春樹事務所
〒102-0074 東京都千代田区九段南2-1-30 イタリア文化会館

電話 03(3263)5247[編集] 03(3263)5881[営業]

印刷・製本 中央精版印刷株式会社

フォーマット・デザイン&シンボルマーク 芦澤泰偉

本書の無断複製(コピー、スキャン、デジタル化等)並びに無断複製物の譲渡及び配信は、著作権法上での例外を除き禁じられています。また、本書を代行業者等の第三者に依頼して複製する行為は、たとえ個人や家庭内の利用であっても一切認められておりません。定価はカバーに表示してあります。落丁・乱丁はお取り替えいたします。

ISBN978-4-7584-4360-9 C0193 ©2020 Sakai Kikuko Printed in Japan

http://www.kadokawaharuki.co.jp/[営業]
fanmail@kadokawaharuki.co.jp[編集] ご意見・ご感想をお寄せください。